天国からの宅配便

柊サナカ

双葉文庫

contents

著者エージェント／アップルシード・エージェンシー

天国からの宅配便

第1話

わたしたちの小さなお家

新垣夕子《あらがきゆうこ》の定位置は、長椅子の上だった。朝に入ってきた光が天井を通り、壁に移って部屋がまた暗くなるまで、硬い板の上に寝転び、ただうつろに天井を眺めている。したくてそうしているのではない。部屋は足の踏み場もないくらいで、体を伸ばせるのが長椅子の上くらいしかないからだ。積まれたゴミ袋からは、割り箸がつきでており、何かのチラシやぼろ布、菓子パンの空袋が透けている。洗濯もせず脱ぎっぱなしで置いた服があちこち山をなし、一年以上前の古新聞は地層のよう。この前のゴミの日にも、生ゴミをまた出し忘れた。きっとこの部屋のよどんだ空気は、七十五歳の総白髪にも、カサカサに乾燥した肌にも、深く染みついていることだろう。

足音がして、家の前でピタリと止まった。誰かがやってきた、と新垣は身を起こす。身体中の関節という関節がいやなきしみ方をした。薄汚れたカーテン越しに、外を眺める。それが頭痛の種のあいつだと知って、顔をしかめた。

この家にやってくるのは、招かれざる客ばかりだ。

豊かな白髪をふわふわさせた民生委員の沖野《おきの》。手には何やら包みを持っている。いつもの通り丸顔に丸い眼鏡に丸い目でニコニコしている。

「こんにちは。新垣さーん。いらっしゃいますか。今日もいい天気ですよねえ」

呼び鈴が鳴り、モニターから声がする。この民生委員の沖野、居留守を使っても、ずっと玄関先で呼び鈴を鳴らし続けるので、うっとうしいことこの上ない。何がうっとうしいかと言うと、すべてがだ。モニターに映る今日の沖野の服も、一見目立たず、質素に見えるが、新垣にはわかった。こげ茶の生地の厚みととろみ、ボタンの特徴ある形から判断するに、コートはたぶんエルメスで、長年手入れしながら着ているもの。下のニットもたぶんそう。足元は見えないが、おそらく靴はいつも履いているトッズだろう。履きやすい形のモカシンを、足形に合わせてオーダーしている。

ひとり暮らしの老婆、かつ貧乏人のゴミ屋敷を訪問するには、色味を抑えた方がいいと配慮したのだろうし、手持ちの服で、一番地味で質素に見える組み合わせをしてきたのだろう。ご苦労なことだ。

生まれてきてからずっと貧乏ならば知らずに済んだことも、なまじ知っているがために、いろいろわかってしまう。民生委員の沖野が、何の裏もなく、おそらく完全なる善意で動いているだろうことも、とにかく忌々しい。

「アップルパイを焼いたんです。新垣さん、一緒にいかがですか」

歳が近いとはいえ、沖野の方がちょっと若い。裕福な出で、このあたりの地主一族である沖野家へ嫁に来たらしい。この家より少し離れたところにある豪邸だ。生まれてこのかた金にも仕事にも苦労せず生きてこられた女特有のおっとりさがある。子供が手を離れて久しく、地域のために何かやってみようと思い立ち、民生委員になったらしい。ひとり暮らしの老人たちを集めて憩いの場を作ったり、お菓子教室や料理教室を主宰したり。ボランティアの清掃活動、通学時にも旗振りと明るい挨拶を欠かさない、この町の人気者。

何もかも持っているから、他人にあげられるのだ。余裕があるから、いつでもそうやってニコニコ笑っていられるのだ。心の奥のどこかで、暗い炎が燃える。いつもそうだ。持っている人間には、持っていない人間のことまではわからない。持っていない人間が、優しい隣人からありがたい施しを受けるときに、どんな気持ちになるか——そこまで思って新垣は、まだ自分が、ずっと前に終わったことを引きずっているのだとわかって、自分という人間の、器の小ささを思い知る。だから沖野の顔など見たくもなかったのだ。こちらがどんなに拒否しようとも、おせっかい善意ばあちゃんの沖野はへこたれない。「二度と来るな！」と何度追い返してもそうだ。

このままピンポン、ピンポンと呼び鈴をずっと鳴らし続けられるのもうんざりなので、ゴミ袋で獣道のようになった通路を通り、仕方なく扉を開ける。

「あらこんにちは、新垣さん。一緒にアップルパイでもどうかなと思って、今日、焼いてきたんです」

たぶん扉の間からは、どっと室内の臭いが漏れ出ているはずで、たいていの人は顔をしかめるのだが、よく訓練された犬みたいに沖野は顔色ひとつ変えない。汝《なんじ》の隣人を愛せよ、悪臭がものすごくても、ということだろうか。

「もう構わないでください。このゴミを何とかしろって言うんでしょ。いつかやりますから、気が向いたら」

「いえいえ、わたし、文句を言いに来たんじゃないんですよ。新垣さんが、三人暮らしから急におひとりになって、何かこう、がっくりと、気落ちするのもわかるんです。いろいろお辛いでしょうし。新垣さんひとりではやっぱり、掃除とかもね、やりにくいじゃないですか。身体だってきついだろうし。嫌ですよね、掃除って面倒で」

長年の友人みたいな気さくな笑みを浮かべたまま、沖野がさりげなく視線を新垣の背後に走らせるのがわかった。ゴミがどのくらいあるのか、気になるのだろう。いくらでも人を雇って掃除させることのできる富裕層の沖野が、何が「嫌ですよね、掃除って面倒で」だと新垣は思ったが、何も言わずにおいた。

「新垣さん、もしよかったらなんですけど、ケアマネージャーさんとも相談して、例えばどこかで新垣さんが昼間のんびり、ご飯を食べたりしてくつろいでいる間に、区から派遣された掃除の業者が――」

「いりません」

「でもねえ、新垣さんは、まだまだお元気だから何よりですけど、このままだと、もしも火事とかになったら大変ですし」

「何かあった方がいいでしょ、ここが更地になって、わたしも家も消えて無くなればせいせいするって、このあたりの人間はみんな思ってるはずよ。ここらの小学生の子でもね。なにせここは死臭漂う〝呪いの家〟なんだし」

近所の子供は面白半分に、この家を〝呪いの家〟だとか〝祟《たた》りハウス〟と呼んでいる。たまに外に出たときに、オニババだと指をさされて笑われたこともある。

「〝呪いの家〟だなんて……そんなことないですよ、みんなで掃除したら、きっとすぐに元通りの赤い屋根の綺麗なお家になります。新垣さんも、もう七十を超えていらっしゃるんだから、ときには誰かの手を借りるということも、必要じゃないかなと思いますよ」

いりません、などと言ったぐらいでへこたれないのが沖野だ。周りから苦情の出ているこの家を何とか掃除させて、町内の問題を解決したいというのが、目下の目標らしい。正義の味方は諦めない。邪魔な粗大ゴミが消えてなくなるまで。

「それにやっぱり、人間、人との繋がりが、少しはあった方がいいのかなって思うんですよ。新垣さん、お歌、好きだったでしょ、歌のサークルがあるんです、みんなで一緒に昔の歌とか歌って、楽しいですよ」と、ビラを渡してくる。

受け取って、ちりばめられた音符のセンスのない並びを見ていると、なぜだか猛烈に腹が立ってきた。

「帰ってください」

「え、でも……」

「帰ってください！　この前も言いましたけど！　もう来なくていいから！」

ひっこんで閉めようとするドアの間から、沖野がめげずに包みを差し出してくる。

「これどうぞ。アップルパイ、後で食べてくださいね。すごくうまく焼けたの」

はたき落とそうかと思ったが、さすがにそれははばかられて、仕方なく包みを受け取った。

アップルパイは焼き立てだったのか、まだほのかに温かい。

わざと派手な音をたてて鍵を閉めると、もらったビラをぐしゃぐしゃに丸めてゴミ袋の山の上に放り投げ、通路のゴミをかき分けるようにして新垣は居間に戻った。アップルパイは机に置き、そのまま手を付けなかった。

もう誰もこの家に来なくていい。

心から。

このゴミ袋とよどんだ空気で繭《まゆ》のようになった家の中で、ゆっくりと眠りにつきたい。新垣は定位置である長椅子の上で、元のように身体を横たえた。

じっと天井を眺める。得体のしれない虫が這《は》っている。

あのふたりがわたしを置いて行って、もう一年近くが経とうとしていた。

ずっとふたりに訊きたかったことがあったのだが、もはやその問いは、この長椅子の上から、どこへも届かない。

この問いに対する、ふたりの返事は戻ってこない。永遠に。

ねえ。

わたしたちは、本当の友達だったの。テンコちゃん、カナちゃん——

ピンポンと、また音がする。

この家に一日に二度訪問者が来るのは、とても珍しい。もしや沖野が引き返してきたのかとうんざりしつつ、新垣はモニターをチェックした。

モニターに映るのは、知らない顔の女だ。

ショートカットに灰色の帽子をかぶり、制服を着て何やら荷物を持っていることから判断して、宅配便の配達なのだろう。ところが新垣には子や兄弟はおらず、夫とも十年以上前に死別、夫の実家とも付き合いはまったくないので、天涯孤独に近い。それだけではなく、友人もいないため、宅配便を送ってくるような人間はひとりもいないはずだった。現に、ここ一年近く、何の宅配便も受け取っていなかった。表札も外してある。

これはひとり暮らしの老人を狙った、送りつけ詐欺か何かに違いないと見当をつける。沖野といい、この女といい、ふつふつと怒りが込み上げてくる。どうやって追い返してやろうかと腹をくくる。このあたりでは、一度も見たことのない制服というのも怪しい。

ピンポン、とまた呼び鈴が鳴った。

扉を開けるなり、「すみません、こちら、新垣夕子さんのお宅でしょうか」と配達人が訊いてきた。「〝天国宅配便〟です。お荷物のお届けに参りました」

天国、宅配便？　耳慣れない配達業者だ。配達人は、女にしては背が高い、若い娘。

ほっそりしていて、腰の位置も驚くほど高い。見上げると目が合ったが、制帽の下の目が、人懐こそうにくりっとしている。灰色の制服の胸には白い羽根のマーク。やはり家の中からすごい臭いがするのだろう、この配達人は顔に出るタイプなのか、一瞬、吸い込んでむせそうになったが、何とか持ちこたえたように笑みを作った。手に持っている小さな包みをこちらに差し出そうとしてくる。

「いりません」

そのまま扉を閉めようとすると、向こうは慌てたらしい。

「待ってください、このお荷物はですね――」

「いらないわよ！」怒鳴りつける。声量には昔から自信がある。こういうときは先手必勝、怒鳴って戦意を喪失させるのがいい。この前も同じ方法で訪問販売を撃退したばかりだ。「どうせ詐欺か何かでしょ！　警察呼ぶわよっ！」

耳にビリビリ響くのか、配達人は後ずさりしかけて、何とか踏みとどまった様子。

「でも、新垣さん。この荷物、明神《みょうじん》さんと、渡部《わたべ》さんからのお届け物なんです」

明神さんと、渡部さんからのお届け物。

まさか、そんなはずは。

本当にテンコちゃんと、カナちゃんから？

一瞬、すべての時間が止まったような気がした。

「い、いらないわよっ！」

その名前を聞いたら、もうさっきまでの怒鳴り声は、出なくなっていた。

「でも本当に、明神さんと、渡部さんからのお届け物なんですよ。ほら、ここを見てください」と、包みの上に貼りつけられた伝票を見せてくる。宛名は〔新垣夕子さま〕とある。

送り主のところに、連名で書かれた、懐かしいその名前。

見覚えのある筆跡。筆圧が強く、右上がりの角ばった字のテンコちゃん。どこか筆記体のような優雅な字のカナちゃん、ふたりの。

急に目の前が揺らいだ。何が起こっているのか、自分でもわからなかった。

ひざの力が抜ける。

顔を覆った手の間から、ぽたん、ぽたんと玄関に雫《しずく》がこぼれ落ちていく――

その配達人の名札には「七星《ななほし》」とあった。いきなり泣き出した老婆にそのまま荷物を渡して、すぐ立ち去るわけにもいかないと思ったのか、近所の人間が怪しんで見に来るのを避けようと思ったのか、七星は「とりあえず、ここじゃなんなので、中に入りませんか。よろしければ、このお荷物の事情を説明いたします」と、玄関の中へ誘う。

玄関から部屋の惨状を見て、七星は驚いたように視線をあちこちさまよわせていたが、それには触れず、こちらが泣き止むのを辛抱強く待っていた。

「こちらの写真が、明神さんと、渡部さん……ですよね？」と、七星がおずおず声をかけてくる。玄関には写真館で撮った、大きな額に入った女性三人組の写真が飾ってある。何も知らない人が見たら、仲のいい初老の三姉妹に見えるだろう。けれど実際は、血なんて繋がっていないし、人生もバラバラの三人だった。テンコちゃんが、〃わたしたちの小さなお家〃完成記念に、写真館で三人で写真を撮ろうと言い出して、みんなでエステにダイエットにまつ毛パーマまでやったのだ。服は、おしゃれ好きなカナちゃんが全身選んでくれた。朝から美容院に行って、白髪を、テンコちゃんが薄い紫、カナちゃんがピンク、自分はオレンジに染めたのだった。あらー、わたしたち信号機みたいねってげらげら笑ったっけ……

ふたりは、もういない。

とりあえず、気持ちが落ち着くまで七星を居間に通すことにした。机の上のものを腕でかき集めるようにどかして、一角をあけた。出しそびれたゴミ袋を隣の部屋に全部突っ込み、半開きになっていたカーテンを開ける。カーテンにひっかかるので、山になっている紙ゴミもどかすと、下から埃《ほこり》まみれのピアノが出てきた。もう調律も長らくしていない。

今まで、昼でも薄暗かったのでよく見えなかったのだが、日差しが入って明るくなると、あちこちにモワモワとした埃が目立つ。さすがに恥ずかしくなってモップを取り出すと、「あ、わたしやります」と七星が受け取って、手早く大きな綿埃を集めてくれた。七星がくしゃみをするので、換気しようと、窓に手をかける。久しく窓を開けていなかったので、サッシに落ち葉などが積もっていて引っかかるのを、七星と一緒に「せえのっ！」と声を上げて、一気に開け放った。

三月の風が入ってきて、カーテンを丸く揺らす。庭に伸び放題になっていた枯れ草が、ざわざわ鳴った。

この部屋の中に誰かが足を踏みいれるなんて、本当に久しぶりのことだった。

配達人にモップまでかけさせておいて、茶の一杯も出さないというのも、さすがに気が引けた。久しぶりに急須を出し、お湯を沸かす。

「どうぞ」とお茶を出すと、帽子を取った七星は「ありがとうございます」と一礼して、湯飲みを手に取った。短い髪に帽子のあとがついていて、耳のあたりでぴょんと跳ねている。目が大きくて、首もすらっと長く、なんだか鹿を連想した。

テーブルの上にぽつんと置かれている包みは、宅配便。重みを確かめてみると、小さいわりに図鑑でも入っているような、けっこうな重みがする。

何かの間違いかと思ったが、伝票はやはりふたりの筆跡なのだった。

配達人は、七星律《りつ》、と名乗った。

「わたくしども天国宅配便は、ご依頼人の遺品を、しかるべき方のところへお渡しするという仕事をしております」

「天国……宅配？　遺品？」

理解が追いつかない。ふたりのそれぞれの葬儀会社からも何も案内はなかった。まさかふたりが天国から地上宛に送り状を書いた、というわけでもないだろう。まじまじと七星の顔を見た。テーブルの下に足があるか、確かめたりするまでもなく、どう見ても、実体のある人間だ。

「明神さんと渡部さんは、ご存命のうちに、わたくしどもに依頼をされました。これを新垣さん宛に届けるようにと」

七星は静かに笑みを浮かべた。ふたりのことを話す七星の口調はごく自然で、もう亡くなってここにはいない人、という感じはしなかった。この配達人は、本人こそ若くて元気なのだろうが、どこか死と地続きのところにいるようでもあり、不思議な存在感の娘だ、と思う。

「ということは、ふたりは生きているときに、これを？」テンコちゃんが入院したのが今から一年半ほど前なので、その少し前と見ていいだろう。

荷物を目の前にしても、開ける気にはなれなかった。中に何が入っていようとも、どうせふたりとも、ここにはいない。開けたところで、このひとりの家で、よけいに寂しさが増すだけだろう。

顔色が急に曇ったのがわかったのか、七星は心配そうにこちらを見つめている。

「あの。新垣さんとおふたりは、お友達だったのですよね」

「そうよ。友達よ。高校のときに出会って、同じ部活で、卒業してからも大人になっても友達だった。でもね、ふたりともさっさと行ってしまった。わたしひとりを置いてけぼりにして……」声がまた、裏返りそうになるのをこらえる。

慌てて七星が、ポケットを探った。

「あの、これ。わたしのですみませんが、チョコレートです。悲しいときは甘いものです、配達で疲れたときにも甘いものです。どうぞ」

と、七星が四角いチョコレートを出してくる。言われるがまま、銀色の包みを開き口に入れた。初対面の配達人と、謎の宅配便を前にして、荒れ果てた居間の妙な空気の中、チョコレートはどこまでも甘かった。

「開け……ませんか」七星が、ちょっとずつ宅配便をこちらに寄せながら言う。

「嫌よ」

「なんでです。お友達の荷物なのに」

「今さら、がっかりしたくないの。何が入っているかわからないけど、期待すれば、その分がっかりするかもしれない」

「シュレーディンガーの何とかみたいですね。開けるまで、がっかりが入っているのか、いいものが入っているのかわからない」

何やら妙なことを言い出した。それにしても、この配達人、いつまでいるのだろう。

「仕事は宅配したら終わりじゃないの」

「いえ、手元にお届けして、完了です」

「手元に届けたじゃないの」

「明神さんと渡部さんには、新垣さんには、必ず〝中身〟を届けてと頼まれているんです」

気まずい沈黙が続く。

もういいかげん、帰ってほしい。

その思いを感じとったのか、七星が飾り棚に目をやり、「あっ！　あれ、もしかして、アルバムですか」と唐突に訊いてきた。飾り棚の一番上に立てかけてある、分厚い赤の表紙を見つけたのだろう。「へえ……赤い革のアルバムかあ、このお家の屋根と同じ色ですね……素敵だなあ……」と、しつこく言い募る。何とかここで会話を繋いで、懐柔し、荷物を開けさせようという魂胆らしい。

仕方なく、飾り棚に埃まみれになっているのを、持ち出してきた。埃をぬぐう。このアルバムは、センスの良いカナちゃんが、パリのノミの市で見つけてきたものを、革細工職人のところへ修理に出して、綺麗に直したものだった。

「これなんて書いてあるんですか？」

赤い革に、さらさらと筆記体でタイトルが書いてある。「フランス語で、〝わたしたちの小さなお家〟という意味よ」

「わあ、かわいい名前ですね。中、拝見しても良いですか」

「あなた、他の配送の仕事は」たいていの配送会社なんて、いつも忙しそうに走り回っているのに、そんなのでいいのだろうかと心配になる。

「今日はこれでおしまいなんです。後は社長が、わたしの分も頑張るので大丈夫です」と、目を細めて笑う。

アルバムを開けると、真っ先に目を引くのは三人で旅行したときの写真だった。

そうだ、これは、テンコちゃん、祝・離婚記念の旅行だ。

三人とも、伊豆《いず》のホテルをバックにはしゃいで笑っている。

「これがテンコちゃん」と指をさした。テンコちゃんが一番背が高くて、言動もおねえさんぽく、わたしたちの頼れるリーダーだった。眉毛もりりしくて、その下に涼しげな目があり、学生時代は後輩の女子からもすごく人気があった。この写真を撮った当時は、まだ五十代後半だけれども、いつも通り姿勢もぴっと良い。〝勤めていた事務所を早期退職するついでに、主婦業も早期退職することにしたの〟なんて言っていたっけ。一番勉強ができて、早口で要領も良くて、何をするのも仲間うちで一番早かった。彼氏ができるのも、車の免許を取るのも、結婚もそう。パソコンに触るのも、携帯電話を持ち始めたのも、いつも一番乗りはテンコちゃんだった。そして、亡くなるのも……。

「このテンコちゃんは結婚したんだけど、歯科医の旦那さんとの仲は冷え切っていて、熟年離婚したの。これは、離婚記念旅行にね、三人で、ぱーっと温泉に」

「へえ。離婚記念ってのも面白いですね」この七星とかいう配達人は、頭が悪いのか何なのか、脳と口とが直結しているらしく、そのまま腹の中身を出してくる。まあ、暇潰しの話し相手としては悪くない。

「結婚するより、離婚するのってパワーが要るじゃない、だから、労《ねぎら》いの意味もあっての旅行よ。その伊豆旅行中に、テンコちゃんがね、〝離婚が成立したから家を出るんだけど、これからどこに住もうかな〟って話しだしたのよ。ほら、五十代だから、人生長いにしろ、終《つい》の棲家《すみか》になるわけじゃない。田舎に大きな家を……いや都心にマンションを……軽井沢《かるいざわ》はどう？　いや温泉が出たら最高じゃない？　とかね、みんなで遅くまでワイワイ話して」

七星が身を乗り出してきた。

「温泉地良いですよねえ。わたしツーリングが趣味で、全国を回ってるんですけど、温泉大好きです。温泉地に住むの憧れます」などと言っている。

「で、まあ、いろいろ考えているうちに、カナちゃんのマンションも、そろそろ建替え時だとわかって」

写真の、カナちゃんを指さす。カナちゃんはテンコちゃんとは対照的で、大きくて優しそうな目に、凝ったデザインの眼鏡。思い切りよく短くした前髪で、いつもふんわりとした笑みを浮かべていた。小柄なこともあって、歳をとってもどこか女の子らしい。カナちゃんはおっとりしたお嬢様で、フランスに留学をしたこともあり、向こうの人と大恋愛もしたのだけれど、結局、文化の違いか結婚観の違いか、うまくいかなくなって、ひとりで帰ってきた。その後、大学でフランス語の非常勤講師や通訳をやりながら、ずっと独り身で暮らしていた。写真のカナちゃんも同じく五十代後半だけれど、街ではっと目を引くような、はっきりしたピンクを自信たっぷりに着こなしていて、スカーフは鮮やかな薄緑。やっぱりセンスから違うと思っていた。歳を取ってからの方が、ずっとおしゃれだった。

「そしたらね、テンコちゃんが、〝閃《ひらめ》いた！　わたしたち三人で、ひとつの家に住むのはどう？〟って」

そのとき、ぱあっと目の前が開けたような気がした。気が合った女同士、ひとつ屋根の下、三人で暮らす。自分も夫の死後独り身、テンコちゃんはひとりっ子で両親とは死別、子供もいない。カナちゃんは姉がいたけれど、先日亡くなった。となると、ここに三人、独り身の女が揃ったことになる。遠縁の親戚はいても、子供や親類と呼べる人はいないので、相続の面でも、そうややこしくはならないだろう。テンコちゃんが行政書士なので、そういった相続問題に関しては詳しいはず。夢物語ではなくて、本当に、三人の家ができるかもしれない。

「それからは早かった。カナちゃんもマンションを売却して、わたしも住んでいたアパートを処分した。古いけれど、風情のある家を共同購入して、綺麗にリフォームしたのがこの家。遺言書もきちんと書いて、もし誰かが亡くなっても、もめないように先手を打った。この小さな家はね、三人のお城だったの」

遺言書を書いたときには、まだまだ先の話だけど、一応ね、というくらいの心持ちで、死なんて、遠い未来の話だった。実感さえ湧いていなかった。

まさか、自分がこの家にひとり残されるなんて、想像もしていなかった。

「いいですねえ、女友達と住むの、すごく楽しそう」

「そりゃそうよ。歳をとるとわかるわ、気の合う友人がどれだけ貴重か。わたしは、それまでの人生より、六十から、みんなでこの家に住みだした十数年間の方が、ずっとずっと楽しかった。人生で一番楽しかった。青春がいつかって訊かれたら、六十代って言うわ」

今は荒れ果てて臭う家にも、花の良い香りが漂っていた頃があったのだ。三人とも好きな花が違っていて、それぞれ季節の花を庭に植えるのを楽しみにしていた。朝一番にみんなで水をやり、鋏《はさみ》で切ってアンティークの花瓶に飾りつける。花を生けるのが一番上手なのはあなたね、と言われていた。三人分の花を、どうやって生けようか考える時間も好きだった。一本一本個性のある花が、三種類集まったら、色も香りも補い合って、もっと綺麗に見える。この小さな家の三人組のように。

どうして花は、そのままの姿を保ってくれないのだろう。花瓶から傷んだ花を一本ずつ取り去っていき、最後の花が傷んだらみんなゴミ箱へ。花の記憶だけは残るけれど、手元には何も残らない。

元はとても綺麗な花だったものが、茶色くしおれてゴミ箱に重なっていく。思い出が綺麗な分、それが喪《うしな》われたとき、こんな風に胸に穴が開いたようになるとは思わなかった。

最初からひとりならば、こんな風に思うこともなかったのだろうか。

歴史に名を残すわけでもなく、仕事で何か特別な功績を残したわけでもなく、今や家族もいない。今、この世から突然いなくなったところで、誰も悲しまない。いなくなったことすら、しばらく気付かれないかもしれない。

いったい、自分は何のために生きてきたのだろう。

残り時間が切れるまで、今はただ死を待つだけの毎日だ。そんな風に生きることに、意味なんてあるのだろうか。

毎日、コンビニのできあいのパンを、パックから噛みちぎるようにして食べて、日々を食いつないでいる。むさぼり食う姿は、近所の子供が言う通り、オニババそのものだ。

わたしたちの美しかった庭は、もう、雑草で何も見えない。

何もかもめちゃくちゃになってしまった。

何もかも。

それは、ふたりがいなくなる前の、ほんのささいなもめ事――いや、実のところ、もめ事にまでも至らなかった。あのとき、自分の心の中に言いたいことを全部飲み込んで、ふたりの前では口をつぐんだのだから――その、ある出来事が尾を引いているせいかもしれなかった。

ふたりの前で、いっそ自分の思いを、全部ぶちまければよかったのだろうか。あのとき自分の心に刺さったトゲのようなものが、いつまでも抜けないままでいる。ふたりが亡くなってしまった今も。

「あの……」七星がのぞき込む。「大丈夫、ですか」

はっと我に返った。

広げられたアルバムの中では、テンコちゃんもカナちゃんも、昔のままで笑っている。

「こうやって見ると、本当に三姉妹みたいですよね」七星が言った。「……周りの人には、本当の三姉妹だと思われてたみたい。長女がテンコちゃん、次女がカナちゃん。そして末っ子がわたし。わたしは、みんなからゆっくりのユウちゃんって呼ばれてた。三人の仲では何でも一番遅かったから」

アルバムをめくっていく。三人で食べる朝食、温泉旅行、ホテルの鏡越しに、顔パックした三人組で写った写真もある。着物でめかし込んだ写真、庭で好きな花を植えた後の写真、ケーキを焼いて失敗して、煎餅みたいになってしまったときの写真……。

十年間あまりの、いろんな思い出が詰まっていた。

こんなときでもなければ、このアルバムは開くことはできなかったかもしれない。

写真を見ていると、だんだん、三人の顔に皺が浮いていって、大柄だったテンコちゃんが次第に痩せてしぼんでいく。この少し前、テンコちゃんは、膀胱炎になったかもしれないから、旅行の前に薬をもらってくると軽く言っていたのだった。

その旅行は、結局キャンセルとなった。

もうそこからは、写真はあまりない。

病室の写真が一枚あるのみだ。

横たわったテンコちゃんは、頬もこけ、別人のように小さく縮んで見える。病気の進行は、わたしたちが考えていたよりずっと早く進んだ。最後、あんなに望んでいたわたしたちの家に帰ることも叶わず、そのまま入院先の病院で息を引き取った。

七星がめくった次のページは、空白だった。

「〝行かないで〟ってさんざん言ったんだけどね」顔を覆った新垣に、七星がティッシュを差し出す。

テンコちゃんが亡くなった後、悲しみも癒えないうちに、今度はカナちゃんが倒れた。普段は、持病なんて何でもないように振る舞っていたけれども、数値がずっと悪くなっていたのを隠していたらしい。あっという間だった。

息ができない。

なんでわたしだけ。

この家は、わたしたちの小さなお家なのに。

「この人生はね、もういらない、あまりの人生なのよ。テンコちゃんもカナちゃんもいない、この家にひとりでいるのは、本当に本当に辛いの。いつもテンコちゃんの紅茶を思い出すし、カナちゃんの焼いてくれたパンを思い出す。でも今は家も庭も荒れ果てて、生きていても何にも面白くない。大事にしていたピアノだってゴミ置き場になった。じゃあ死ねよってあなたも思うでしょ？　でも死ぬのは怖い。死んでテンコちゃんたちにも会えない、暗いところにただひとり、迷い込んでしまったらって」

七星は、泣き止むのをじっと待ってくれていた。

そっと荷物に手をやる。

「……この包み、開けてくださいませんか」

新垣は、首を横に振る。

「これ以上何も喪いたくない。だってふたりはもう行ってしまったんだから。どんなに泣いたって、すべては終わったことなの」

毎朝、また目が覚めてしまったと思いながら起きる。

生ゴミが腐って臭うこの家は、今の自分そのものだ。

本能だけが生にしがみついていて、いつやってくるかもわからない死を、長椅子の上で、ひたすらに待ち続けている。

この気持ちを、誰にもわかられてたまるか。

「……この家で、またひとりぼっちの朝が始まるときの気持ちなんて、あなたのような子供には、絶対にわからないでしょうよ」

七星は、真剣な顔でこちらを見た。重大な託宣をする、巫女《みこ》のような目だった。

不意に、七星が目を閉じて、部屋に緊張が張りつめる。長いまつ毛だ。しばらくそのまま、何かに集中しているように、七星は動かない。

もしやこの子は、不思議な力によって、何かを感じ取ることができるのだろうか——

さあっと吹いてきた風がカーテンを揺らす。

七星は、ゆっくりと目を開けて、こちらを見た。

「わかりません」

あまりにもさっぱりと言うので、なんだか力が抜けてしまった。さっきの溜めは何だったのか。こちらの表情を見たのか、慌てて「ええと。わかるかわからないか、と言われたら、わからないですね。わからない寄りのわからないです……」などと妙な言い回しをして、頭なんてかいている。

「すみません。だって平成生まれだし、わたしは新垣さんとは違いますし。わかると言ったら、それは嘘になってしまうと思うんです。今、何かすごいこと言えないかなって、ちょっと集中してみたんですが」

何の飾りもなく言うので、逆に虚をつかれてしまった。

まあそれもそうなのだ。

誰かに聞いて欲しい、わかって欲しいとどこかで思っていながら、わかられてたまるか、なんてことを思う矛盾《むじゅん》。

七星がこちらをじっと見つめる。

「でも、完全にわかることはできませんが、残された側の人のためにできることは、まだ、あると思っています」

無駄なことを。

死なんていう、どうにもならない現実に、遺された者がいくらあがいても無駄なのに。何をしたところで、死人が戻ってくるわけでもないのだから。

「人間はふたつに分けられると思います。〝死んだ人〟と〝まだ死んでない人〟と。死んだらみんな、川の向こうに行くんです。けれど新垣さんは、まだ川のこちら側にいます。今日という日を生きていらっしゃいます」

そう言うと、七星は、また、そっと両手で宅配便を寄せてきた。「これは、きっと今の新垣さんにこそ、必要なものじゃないかと」

目の前に置かれた、ふたりの筆跡をじっと眺める。

何を思って、ふたりはここに名前を書いたのか。

ふたりの、人生最後の贈り物とは、いったい何なのか――

仕方なく開けると、中には四角い何かが入っている。包装紙を外すと、一台の機械が入っていた。どうやら、カセットレコーダーらしい。中には、テープが入っている。

その他は、何の手紙も入っていない。

機械には弱いので、これをどうすればいいのかわからない。

「じゃあ、わたしが再生してもいいですか」と、七星が指を伸ばしてきた。

なぜだか、怖い、と思った。

本当のことを知ってしまったら。

あの日のように、ふたりと自分とは、はっきり住む世界が違うんだとわかってしまったら。

制止しようと思ったが、もうかすかに、カセットのテープは動き始めていて——

ちょっと、これ、何？と言いかけたときに。

ピアノの音が流れ出した。

新垣は、すべての動きを止めた。目だけが瞬きを繰り返す。

聴き覚えがある。何百回、いや、何千回と聴いたこのメロディー。

透明な音が次々に連なり、川のせせらぎを作りあげる。想像の中で新垣は、いつしか森の中にいて、冷たい川の流れにふくらはぎまで足を浸たしていた。岩にぶつかって冷たいしぶきを上げる流れ、そこへ、銀の光のように魚影が通り過ぎていく。

これは、シューベルトの「鱒《ます》」だ。
コーラスが重なる。よく通る低い声と、その上に重なる、少し高い声。間違いない、これはテンコちゃんとカナちゃんの声だ。

――清き流れを　光映えて
矢のごと奔《はし》る　鱒のありき

新垣は、指先で涙をぬぐうと、椅子から立ち上がった。
肩幅に脚を開き、両肩を少し上げて、力を抜いて落とす。視線を上げて。
新垣は、ふたりの声の上に、一番高い声を重ねた。

――歩みをとどめ　われ眺めぬ
輝く水に踊る姿
輝く水に踊る姿

二番、三番と流れて曲が終わり、伴奏の音も終わると、ぱちん、と音がして、テープが止まった。

部屋に静けさが戻ってくる。

新垣が、よろけるように椅子に座り、レコーダーに指先で触れる。食い入るようにカセットレコーダーを見つめていた。

これはいつ録《と》られたものだろう。歌声も声も、嘘みたいにどこまでも張りがある。もしこの録音が、テンコちゃんたちの病気がわかってから録られたのだとしたら、体調だって、かなりきつかったに違いない。でも、そんなことをまったく感じさせない声量と、声の伸びだ。もしかしてふたりとも、これを録音するために、かなり無理をしたのではないか。

それでも、歌った。

カセットレコーダーの輪郭が、視界の中でにじみ、ぼやけていく。

新垣は涙をぬぐった。

「……久しぶりに歌った。わたしたち、コーラス部だったの。テンコちゃんのアルト、カナちゃんのメゾソプラノ、わたしのソプラノで、〝最強の三人〟ってね」

「今だって最強の三人です。歌、素晴らしかったです」

カナちゃんがピアノを弾いて、この部屋で、何度も歌った。イントロが流れてくると、雑誌を読んでいても、ついつい鼻歌で歌い始めていて、洗濯物を干していたテンコちゃんも声を重ねてきて、気がついたらいつも三人で歌っていた。昔からずっとそうだった。ひとりで歌うのも好きだが、三人で声を重ねると、ひとりで歌うより、ずっと世界が開けるような気がしていた。

お腹《なか》の底から出した声を、体中に共鳴させたからか、身体が奥からカッカと熱い。鼓動を感じる。こんなことは久しぶりだった。

「……この歌、シューベルトの〝鱒〟には、思い出があるの」

不思議なものだ。何も飾らないこの娘を見ていると、なぜか聞いて欲しくなった。この、わたしたちの小さな家にまつわる物語と、自分自身のことを。

「今じゃこんななりで、想像もつかないだろうけれど。わたし、実は、かなり裕福な家に生まれ育って、有名な私立の女子校に通ってたのよ。その学校のコーラス部だったテンコちゃんとカナちゃんとは、気が合って、毎日一緒だった」

その頃のことを、懐かしく思い出す。制服がとても可愛い学校で、丸襟の白いシャツはみんなの憧れだったから、着るととても誇らしかった。毎日、コーラス部で遅くまで練習した。部活の帰りには三人集まって、いろんな話をしながら帰る。好きな人の相談、いじわるな女教師の愚痴、将来についてや、発表会のこと。話はいつまでも尽きなくて、道端で三人とも笑いが止まらなくなったりした。ずっとこんな風に、笑っていられるのだと思っていた。

——あの日までは。

「高校三年生の頃に、父の事業がいきなり倒産したの。それから一気に生活が変わってね。わたしも学校をやめて、働かなければならなくなった」

家は売り、親子三人で四畳一間のアパートに移り住んだ。トイレは共同、風呂もない。学校へ行く前に朝刊を配って、帰ってからも夜遅くまで封筒貼りの内職をした。父も母も、仕事を何個も掛け持ちして朝から晩まで働き、心身ともに擦り切れていった。

「〝幸せはお金で買えない〟とか、人はいろいろ言うけれど、果たしてそうかしら。最初からお金がなくて、何も知らずに済んでいれば、まだ幸せだったのかもしれない。知らなければ、それはこの世に存在しないものだから。貼っても貼っても減らない内職の封筒の山を前にして、ある日突然、絶望に押しつぶされそうになった。借金まみれで、この先、生きている限り、ずっとこんな生活を続けなければならない。これがわたしの日常で、現実なんだって」

「そう……だったんですか」

「でもね、テンコちゃんとカナちゃんは、誘いにやってきたの。〝歌おう〟って。〝最後の校内発表会にわたしたち三人で出よう〟って」

ふうっと新垣はため息をついた。住んでいるところをふたりに見られたくなくて、必死で家の扉を閉めていた気持ちも、自分で切った不揃いな髪を気にして撫でつけていた惨めな思いも、一気に蘇る。もう退学したんだから出られないと言っても、ふたりは本気だった。三年生有志としての参加の許可を、学内の教師にひとり残らず取っていたくらいだった。

「はじめは歌う気にはなれなかった。それでもね、テンコちゃんとカナちゃんは、何度でも誘ってくれた。その発表会で歌ったのが、この、シューベルトの〝鱒〟だったの」

今でも思い出す。発表会のあの日、ステージでライトを浴びるわたしたちの歌を、講堂にいっぱいになった観客が聴いていた。終わってもしんとしていて、あれ、と思ったら、一瞬後に、塊になったみたいな、ものすごい圧の拍手が来た。その拍手は鳴りやまなかった。なんと誇らしかったことか。

「ここで、この瞬間死んだっていいと思った。でもね、死ねないわね、人間簡単に。まだまだ人生は続くのよ」

七星は、大きな目を見開いて、じっと聞いている。

「テンコちゃんもカナちゃんも名門大学に進学した。わたしは小さな会社の事務員に就職して、朝から晩まで働いた」

見合いで結婚した男は酒癖が悪く、結婚生活で楽しいと思ったことは一度もなかった。子供ができなかったことで、姑にもひどくいびられた。

それでも、誰かが就職したり、留学したり、結婚しても、一年に一回は、絶対に三人で会った。

いつもは節約して自分で切っていた髪も、三人で会うとなったら、一年分のお金を貯めておいてカットに行った。着たきりスズメで、制服みたいに毎日同じ服を着ていても、会う日が決まったら、質のいいものを、値札とにらめっこしながら買いに行った。見栄を張るためじゃなくて、大切なふたりの友達の前で、「明るいユウちゃん」でいるために、それは必要なものだったから。

「気楽な学生時代とは違うものね、やっぱり。わたしだけじゃなくて、ふたりもふたりで、すべてが順風満帆とはいかなかったみたい。女友達三人で住み始めたのは、みんな人生でいろいろあった六十代手前。わたしが、六十代が一番楽しかった、って言うのもわかるでしょ」

「ですねえ。仲良しの友達と住むのって、本当に楽しそう」

邪気のない顔で七星が言う。こちらの含みのある表情を見たのか、「え？　楽しかった、ん、ですよね？」などと訊いてくる。

自分でも、なんでこんなことを気にしているのかわからない。

「楽しかった。幸せだった。でもやっぱり、ふたりとも、わたしには言えないこともたくさんあったでしょうよ」

新垣の口から、ずっと心のうちにしまってあった、あるひとつの問いが、石ころみたいにぽろりと転がり出た。「――そんないびつな関係で、それは本当の友達と言えたのかって」

「えっ、友達、ですよね。いい友達じゃないですか。一緒に住んで、こんなにも仲良しで」

新垣は力なく首を振った。

「でも、ふたりとわたしとは、やっぱり住む世界は違うのよ、学生時代もそうだけれど、大人になってからも、ずっとふたりは、わたしに気を遣ってくれていた。ふたりでは入れるレストランにも三人では行けない。ふたりでは行けるブティックにも三人では無理。豪華客船の旅も、高級旅館も、海外旅行もね。ふたりとも名家のお嬢様なんだし、財産はたくさんあるんだもの。一方こっちは、しがない年金暮らし。差はあって当然よ。そのふたりが、誰にも気兼ねなく買い物したり、いいものを思う存分食べたりしたいと思っても、わたしがいる限りおおっぴらに行けない。おごってあげるとは言えないの、わたしが気にするのがわかるから。正直、邪魔……だったと思う。わたしの存在は」

「まさか。そんなことは」

「わたしの目を盗んで、ふたりでこそこそ話していることもあったし、こっそり出かけて行くときもあった。〝ちょっと会合があるの〟なんて言いながら、目を逸らして。やっぱり、ふたりとわたしとは違うんだと思った。それが、とても惨めでね。〝ただいま〟って、お土産にわたしの好物のお菓子を買ってきてくれたこともあったんだけど、なんだか味もしなかった」

袋にひとり分だけ包まれたお菓子を見たとき、ああ、ふたりはどこかで、別に美味《おい》しいものを思う存分、食べてきたんだろうとわかった。

何をこんなに、今になってつまらないことに引っかかっているのだろうと思う。三人でいて、とても楽しかったし、幸せだったのも確かだ。でも、ふたりの気遣いがとてもありがたくて、同時にとても辛かったんだということも思い出してしまう。

「ただひとつの心残りは、わたしはあのふたりに、何もしてあげられなかったということよ。いつだって、もらってばかりだった。さっきのこの歌だってそう。ふたりが死んだ今でも。気を遣われて、可哀想にって、手を差し伸べられて……」

そのとき、ぐう、と七星の腹が鳴った。

「すみません。お話に聞き入っていたんですが、この腹が空気を読めなくて」と頭をかきながら謝る。

「いいのよ、生きてりゃお腹も空くってことね」と新垣も笑った。「何か食べるものがあるかしら……」

「いえいえ、それは悪いので」

七星が恐縮するように手を振った。

「わたしもお腹が空いたのよ。付き合いなさいよ」

そういえば、さっき民生委員の沖野が持ってきたアップルパイがある。丸い包みをほどくと、色つやの美しい見事なアップルパイが入っていた。

「わあ、これすごいですね、どこかで買ってきたんですか」

「これね、民生委員の人が、持ってきてくれたのよ。今日も追い返しちゃったんだけど、あの人、諦め悪くてね。ちょっと味見してみましょうか」

お茶を淹《い》れなおして、アップルパイを切り分けると、断面から隙間なくリンゴが詰まっているのがわかる。

「すごーい！　お店で売ってるものみたい」

ひとくち口に含んで、うんと頷いた。美味しい。

「きちんと紅玉《こうぎょく》を使ってあるのね」

「紅玉？」

「リンゴの種類よ。普通に食べたらちょっと酸っぱいんだけど、パイにしたらいっそう美味しくなるの。カナちゃんも、お菓子作りによく使ってた」

「へー、そんなのスーパーにあるんですね、わたし何でも食べるから、どんなものでもだいたい美味しくて」

「普通のスーパーにはあまり売ってないから、特別に準備しないと紅玉は手に入らないかも」と言いつつ、民生委員の沖野は、これを一緒に食べようと、わざわざ準備してくれたんだな、ということに思い当たる。

ちょっとでも美味しくなるように、手を尽くして作られたもの。喜ぶ顔が見たくて、一生懸命作ったもの。

「食べないんですか。これ、本当に美味しいですねえ」

しばらく手が止まっていたことに気が付いた。美味しい、と言って、噛みしめるように食べる。七星はあっという間に平らげる。

誰かと美味しいね、と言い合いながら食べるのは久しぶりだった。

「でも、こうやってアップルパイを作ってくれる人がいるなんて、このあたりもいいところじゃないですか」

「まあその町の、〝呪いの家〟といえばうちで、〝祟りハウス〟の〝オニババ〟がわたしなんですけどね」

「〝祟りハウス〟とかって、逆にちょっと面白いですね」

ふたりで笑った。

アップルパイの皿は綺麗に空になった。

「アップルパイのお礼に、わたくしが新垣さんの一番の好物を当ててしんぜましょう」と、七星が妙な手つきをして、変なことを言い出す。

「あらかじめ写真に撮ってあったんです」

突然何を言い出すのだろうこの子は、と思って、苦笑しながら見ていると、七星はスマートフォンを出した。何やら操作し、手で覆う。

まあ、乗ってやるかと、仕方なく、老眼鏡を取り出してかけてみた。

七星は、撫でまわすみたいな手つきをして、三、二、一、それっ、と手を離した。

ぎょっとする。

画面に映っていたのは、プリンと、レモンパイ。

本当に大好物だった、オークラのものだった。

「え、どうしてわかったの。なんでこの写真を。わたし、あなたに好物の話、一度だってしてなかったでしょ」

「魔法です……」溜めに溜めてから、にやっと笑う。「嘘です、これはある人から以前差し入れにもらったんです。ある人ってわかります?」

はっとなった。

「そうです、明神さんと渡部さん。おふたりがこのテープを作成されたとき、貸会議室を借りて、歌を収録したらしいんですが、残念なことに、音源の質があまりよくなくて、おふたりともがっかりしていたんですよ。そしたら、その話を聞いたうちの社長が、〝うち、ピアノあるんですが、よかったら〟って。社長なんて、いつもは眼鏡の疲れたおじさんなんですけど、家に防音室と、こじゃれたピアノがあったものだから、みんな驚いちゃって。渡部さんなんか、〝あらまっ、スタインウェイよっ〟なんて大喜びして。

そのような事情で、歌の伴奏は僭越《せんえつ》ながら、弊社の社長です。だから明神さんと渡部さんがお礼にって、このプリンとパイを二個ずつ私たちに下さったんです。誰かのために買ってあったんだろうと遠慮したんですが、どうしてもと仰《おっしゃ》って……さすがにゴージャスで美味しそうだったので、記念写真を」

「それ、何日のことかわかる」

七星が言った日付は、まさにあの日の頃だった。ふたりがこそこそ出かけ、ひとりぼっちで置いていかれた日。

本当は三人で食べようと、三つ買っていたうちの、三ひく二は、一だ。

「ところで、わたしテープ世代じゃないから、びっくりしちゃったんですが、このテープって、裏返せるんですね、衝撃です。アナログって感じがいいです」

カチリ、と七星がボタンを押すと、再生が始まった。

すうっ、と息を吸う音がした。

——お誕生日おめでとう！　ユウちゃん——

テンコちゃん、カナちゃん、ふたりの声だ。拍手の音もする。

――まさかまさか、メソメソしてないわよね？――

――それとも起きたばっかりかしら。のんびりしてるもの。いつも一番最後に起きてくるし、着替えもマア、ゆーっくり、のんびりなのよ――

――一度、旅行も遅れかけたしね――

――あったあった、そんなこと――

笑い声がする。

――今、思い出すのは三人で歌ったことよ。ユウちゃんの声はどこまでも綺麗に通って、まさに天に選ばれた声みたいだった――

――いつだってユウちゃんは三人の中で一番うまかった。うまいだけじゃなくて、わたしたちの声をまとめる強さみたいなものがあった。〝最強の三人〟は、ユウちゃん抜きでは無理よ――

――今になってみるとね、どんな贅沢よりも、ユウちゃんと公園で歌ってた頃のことを思い出すの――

――わたしもよ。あの頃、わたしたちは本当に最強だった。ユウちゃんはわたしに、一番の思い出をくれた。人生で何よりも大事なプレゼントだった――

――ありがとうユウちゃん――

——ゆっくりのユウちゃんなんだから、もうちょっとゆっくりして、こっちにおいでなさいね——

——またね！——

ふたりの声が重なった。

しん、と部屋に静寂が戻る。

七星が、カセットテープの再生を止めた。

今日が誕生日であったことに、新垣は、今、気がついた。

毎年、誰かの誕生日は、カナちゃんが張り切ってケーキを作ってくれた。テンコちゃんがとっておきのワインを開けてくれた。そして歌う、お気に入りの歌。

寂しがり屋の最後のひとりが、たったひとりになっても寂しくないように。

三人で、もう一度歌えるように。

新垣は、カセットテープを抱きしめるようにして、うずくまる。

ふと顔を上げれば、もう日は傾きかけている。七星は、優しい目をして、じっと待ち続けてくれていた。

「あ。これ、さっきこっそり撮ってたんですけど、見ます？」と言って、七星が、スマートフォンで動画を見せてくれた。

なんと、歌っているときに、動画を撮られていたらしい。自分が歌っている姿を見るのは、ちょっと気恥ずかしい。画面の中央で歌っているのは自分ひとりだけなのだが、画面の外に見切れて、テンコちゃんと、カナちゃんがそばに居るような気がする。

いや、きっといる。

七星が、「スマホがあったら、この動画、いつだって手元で見られますよ」と言い出した。「新垣さん、よかったら一緒に買いに行きませんか」

「え、今から?」

「もちろん今から」

七星が、いたずら好きの子供のように、にっと笑う。

外に出て見れば、道の脇にバイクが止めてあった。七星は、配達にはバイクで来ていたらしい。とりあえず駅方面に向かってふたりで歩いてみる。スマホショップがあり、七星も店員も、どれが使いやすいか、一緒になって考えてくれた。

こんな小さくて薄い機械なのに、めまぐるしく映像が変わったり、音楽を鳴らしたり、何だか目がくらみそうだ。

「でもねえ、わたしこんな難しそうなの持って、使えるかどうか……」と言うと、七星が、看板を指さす。〔パソコン・スマホ教室ひよこの子〕どうやら、教室のようなものもあるらしい。教室をのぞいてみると、机には同じくらいの年代の人たちがいて、わからないところがあれば、講師の先生をつかまえていろいろと訊いているようだった。これなら自分でも何とかなりそうだ。

買ったばかりの新しいスマホに、七星が操作して、さっきの動画を入れてくれた。
「この三角を押したら、いつでも見られますから」と言う。文字も一番大きくて、見やすいものにしてくれた。

夕陽に照らされた帰り道を、七星と一緒に歩く。思えば今日は妙な日だった。自分の誕生日の中で、一番奇妙な日だったかもしれない。見知らぬ配達人に、謎めいた宅配便。もうここにはいない、大切な人たちからの、思いがけない贈り物。

七星は帽子を取って、荷台から防寒具を引っ張り出して羽織った。バイクにまたがると、ヘルメットをかぶる。

荷台にある運搬用の箱には、大きく「天国宅配便」とあり、シンボルマークなのか、向かい合った白い羽根が描かれている。
「それじゃ、失礼します！」とハキハキ言って、ヘルメットのシールドを下ろし、エンジンをかける。小さく言ったら、聞こえなかったらしい。七星は「え、すみません何です？」と二回くらい訊いてから、一度かぶったヘルメットを脱いだ。

「…………ありがとうって！　言ったの！」と、声を張って目を逸らすと、七星はにやっとして、親指を立てた。「お誕生日、おめでとうございます」何となく自分も真《ま》似《ね》して、親指を立ててみた。

エンジン音を響かせて七星が行ってしまうと、あたりは急に静かになる。今日のことは、本当に現実にあったことなのか、考えると、ぼんやりしてきてしまうくらい、不思議な一日だった。

でも、さっき歌った心の高まりは、まだ続いている。


あれから、一念発起して、家の中のゴミを全部出し、業者にも来てもらって、大掃除と庭の草刈りをお願いした。草を刈ったら、今まで全然見えなかったのだが、下から花壇が現れた。土の間に、小さな新芽が顔を出していることに気付く。みんなで植えていた植物の種が、春になって、一斉に芽吹いたらしい。荒れ放題にしていて、雑草は伸びっぱなし、ずっと水も何もやっていなかったのに、けなげなことだ。人生、死にそうなほど辛いことが起きようとも、春はまた巡ってくるものだと、しみじみ思う。

小さなその芽に、肥料をやって、水もやる。通りすがりの近所の人が、こちらを見ているようなので、顔を上げたら、向こうはさっと目を逸らした。「こんにちは」と言ってみたら、驚いたようにこちらを見て、「……こんにちは」と言う。

ひとりで住む家は、ガランと広くなった。今思えば、ひとりになった家の空間を見てしまうのが怖くて、何でも良いから隙間を埋めたかったのだと思う。それが段ボールや、溢れるゴミの山だったとしても。

今、その空間は歌で埋めている。ひとりのときも、三人で歌うときもある。

スマホの教室は続いていて、顔見知りも増えた。気の合う人もできて、たまにはお茶を飲んで帰ったりもする。こういうことがやりたいんですが、と講師の先生に相談すると、すぐに、何をどう準備したら良いかを、わかりやすく教えてくれる。

スマホの便利さには驚いた。犬ころみたいに機械の名を呼んで、「クラシック音楽をかけて」と言うなり、ポーン、と音がしてスピーカーから音楽が流れ出す。〝鱒〟をかけてもらうこともある。三人で歌った、思い出の曲を何曲でも流す。

三人でいたときも、これがあれば良かったかもしれない。サルサなどのラテン音楽が好きだったテンコちゃんと、シャンソン好きのカナちゃんと、クラシック好きな自分ならば、きっと取り合いになったに違いない。

民生委員の沖野の家にもお礼に行った。アップルパイがとても美味しかったこと、気遣いがありがたかったこと。

「お誕生日おめでとうございます……ございました」と沖野は言って、笑った。

「どうして誕生日がわかったんですか」と訊いてみる。不思議だったのだ。

「それはね、ご近所の人たちがいつも、あの赤い屋根のお家のお三方はとても仲良しで、お誕生日の歌も、ものすごく上手なハモリで聴こえてくるのって噂していたから、もしかして、と思って。みなさん、あのお家から楽しげな歌が聴こえなくなったって、気にしていらっしゃったんです。つい聴き入っていたファンも、たくさんいたんですよ」

まったく知らなかった。近所のどの家も、自分のことを邪魔者扱いして、早く消えて欲しいんだとばかり思い込んでいた。

「気が向いたら、歌のサークルも顔を出してみてください」と言われる。礼を言って帰りがけ、沖野に、「そういえば、何がきっかけで、心境の変化に至ったんですか」と訊かれた。

思い浮かぶのは、灰色の制服、目がくりっとした、不思議なあの子のことだ。

「宅配便が来たんです。天国から」

そう言うと、沖野は何かの冗談だと思ったのか、「それは何よりです」と頷いた。

天国宅配便の、ほっそりしたあの子を思う。

制服のマークは、純白の羽根。七星とか言っていたあの子は、今日は、誰の、どんな最後の贈り物を配達に行っているのだろう。今日もショートカットに帽子をかぶって、誰かの家の呼び鈴を押しているのだろうか。

きっとそうだ。

今日を生きる、誰かのために。

第2話

オセロの女王

世界史の講義を聞きながら、住井文香《すみいふみか》は、ノートにサラサラとペンを走らせていく。

――「人は生まれながらにして自由かつ権利において平等である」、人権宣言。フランス国民議会で可決。1789年。

色ペンで年号に色をつけ、頭の中に焼きつけようとしているのに、その人権宣言はこぼれ落ちていく。人は生まれながらにして自由かつ平等――そうであったらどれだけよかっただろう。

文香の通う塾は、家から自転車で一時間近くかかる遠方にある。そこに生身の講師はいない。行われるのは都会の授業を遠隔放送で映したサテライト授業だ。テレビモニターの中の、平面の先生に平面の授業を、パーテーションで区切られた机の一角で眺めている。扉の外を移動する学生たちの声がうるさくて、聞き取りづらいところがあるが、いちいち外に出て注意するのも嫌で、ボリュームを上げげた。

もしも自分が、都心で生まれてさえいれば。

それは文香が、もう何千回と考え続けてきたことだった。

文香の家は田舎にある。米が美味しい、野菜が美味しい、小川も空気も綺麗だし、家も広い。いい環境には違いないし、故郷自体は好きだ。一面の稲が、さあっと風に揺れる中を、自転車で一直線に走るのも気持ちいいし、小川で冷やした野菜を、塩をつけてかじるのも最高だ。青空を行く、赤とんぼの群れも風情がある。でも……。

そんな風に、自分の生まれた村のことをぼんやり考えていたら、不意に、「やってみろ」と、文香の頭の中で声がした。

祖母の八重《やえ》の声だ。その「やってみろ」は、見守っているからね、頑張ってね、の励ましの「やってみろ」ではない。「やれるものならやってみろ。お前などに何もできないくせに」の「やってみろ」だ。祖母はいつでもそうだった。何かを手伝おうとしたときも、初めてのことに挑戦するときも、いつも「やってみろ」と言った。うまくできなければ、ふん……と鼻で息をついて、(ほらみろ、何もできないくせに生意気に)と言わんばかりだった。

やってやる。文香は八重の声を頭の中で消し去って、色ペンを握りしめる。

いつのまにか、画面の中のサテライト授業は終わっていた。

文香は、大きめの単語帳に作った年表カードを、指でもてあそぶ。選択は世界史だが、基礎知識として、日本史もざっとまとめる必要があって、作ったカードだ。年表カードの文字を目で追ううちに、また文香の意識は知らず知らず、受験勉強を離れていく。文香のすべてが変わるきっかけとなった、大切な人――ある女の人との出会いを思い出していた。

石光茜《いしみつあかね》――それは今から三年前、文香が中学二年のとき、東京からこの村にやって来た若いお嫁さんの名前だ。祖母や両親、近所の人は、先だって町の方で行われた披露宴に呼ばれていたそうなのだが、文香はまだ中学生なので呼ばれておらず、茜についても、特に何も知らされていなかった。

なので、最初、茜を道で見たときにはびっくりした。このあたりで、そんな格好をしていた人は皆無だったからだ。凝った形の袖の真っ白なブラウスに、アイロンでぴしっと線の入れられたパンツにパンプス。そのパンプスが鮮やかな黄色だったものだから、文香は度肝を抜かれた。このあたりで、おめかしするとあっても、パンプスは黒か茶色と相場が決まっている。それなのに、あのレモンみたいな鮮やかなパンプスの色。かかとの細い華奢《きやしや》なデザイン。しかも、色は靴裏だけ深紅なのだ。歩く度にちらっとその靴裏が見えて、その配色もなんとも衝撃だった。文香は、ぶしつけだなとは思っても、馬鹿みたいに口を半開きにして、茜が歩く様子を見つめていた。

振り返った茜と目が合ったので、急に我に返った。口を慌てて閉じる。

「あ、すみません……つい」と、しどろもどろになりながら謝った。「あ、あの、わたし、住井文香と言います。あまりにそのパンプスが綺麗で……いや、パンプスだけじゃなくて全部！　全部がすごく綺麗で、わたし、ちょっとびっくりしちゃって。すみません！」と何度も頭を下げた。顔を上げたとき見えた花の形の宝石の耳飾りも、ブランド名なんてわからないけれど、ものすごく高いことだけはわかる四角い鞄も、それらを身につけた茜の立ち姿も、すべてが洗練されて見えた。テレビの中の人みたいだった。

茜は笑って「石光茜です。よろしくお願いします」と言ってくれた。

それが茜との出会いだった。

石光家の長男は、高校から上京、そのまま東京で仕事を続けていたが、この度、故郷にUターンすることになったのだとか。それを機に結婚し、お嫁さんを連れて帰った、という事情らしい。茜は東京の美大を出て、美術関係の仕事をしており、なんとオンラインでも仕事ができるそうだ。美術雑誌で、記事の執筆もしているという。

オンラインで仕事！　美大！　「誰それさんは火曜日に美容院に行った」というような、どうでもいい噂が時速十五キロで進む我が村の中でも、その東京からのお嫁さんの噂は光の速さで進んでいった。野菜のおすそわけで交わされる立ち話の噂は全部、石光家の嫁の話題だった。

文香は、ひとり残った塾の教室で、ぱらり、と指先で日本史のカードをめくっていくが、意識は完全に上の空だった。

――ペリーの黒船来航、アメリカ合衆国海軍東インド艦隊の蒸気船が浦賀《うらが》に。1853年。

そう、茜の登場は、まさにこの村にとっての黒船来航だった。

茜は今も、年に七、八回は海外出張に出るのだという。海外に二回行ったことがあるという話をことあるごとに自慢していた、誰それの見栄なんて吹き飛んでしまうほどの真の強者。ことあるごとにファッションリーダーぶっていたナントカの鞄なんて、もう恥ずかしくて話題にも出せない。

その石光家の離れへ、祖母の八重がとりしきっている寄り合いの連絡をする、という段になり、文香は「はい！ はい！ わたし行く！」と立候補した。家で茜が、どんなおしゃれな服を着ているかも興味津々だし、どう過ごしているのかも気になる。

好奇心が抑えられない。自転車で行くか迷ったが、歩いていくことにする。

苗を植えたばかりの、見渡す限りの田んぼを眺めながら歩いていると、用水路の流れの中に小さな魚たちの群れが見えた。水面に、青空に浮かんだ白い雲がくっきりと反射して、綺麗だな、と思う。澄んだ水はとても冷たそうで、透明度も高く、魚たちが空を飛んでいるようだ。

しばらく歩いていくと、石光家がようやく見えてきた。さすが代々の豪農、いつ見ても立派な日本家屋だ。石光家の敷地は広く、長男のUターンのため、離れに新たに立派な家を建てて、そこに長男夫婦が住んでいると聞いていた。日本家屋の向こう、少し離れたところに立っている、あの新築のお家がそうだな、と見当をつける。

この村では人の家を訪ねるとき、玄関を開けて、名前を呼びつつ勝手に入り、いなければ上がりかまちに座って、待たせてもらったりする。玄関先には、どの家もポットや湯飲みのセットがあって、よくお茶をいただいたりもするのだが、石光家の新居は、玄関にインターフォンがついており、そこへ札がかけてあって、〈作業中のこともありますので、インターフォンを鳴らしてください〉と綺麗な字で書いてあった。

文香は緊張しながら、ピンポーン、と鳴らしてみた。

（はい）声がした。

「あの、お仕事中だったらすみません。住井です。寄り合いの連絡がありまして……」と言うと、「少々お待ちください」と返事があり、茜が玄関まで出てきた。

「こんにちは」

ふわふわとした、ぬいぐるみみたいに柔らかそうな羽織り物を着ている。髪はくるりとしたお団子にしていて、それがゆるくまとまっているのもおしゃれだ。家にいるときなんて、ジャージとか楽で締めつけのない服でいるのがあたりまえのところ、茜は部屋着も洗練されていて内心うなる。

「寄り合いの件で連絡があって」

「寄り合い？　町内会の集まりとかですか」

そこで文香が寄り合いについて、かいつまんで説明した。寄り合いとは、週に一回行われる、女たちの集まりのことだ。夜、集まってお茶を飲みつつ、話をして親睦を深める。特にテーマはない。

「あら、ごめんなさい。わたしそのとき、海外の方とオンラインで取材があって。時差があるから、そんな時間になってしまうんです」と、申し訳なさそうに断られてしまった。

「いえ、大丈夫です。別に何か重要なことを話すとか、そういうものでもないので……」と言いつつ、文香はすっかり感心する。世界を股にかける、という言い方があるが、まさに茜は世界のアーティストを相手に仕事をしているのだなと。

それを機に、だんだん茜の方も打ち解けてきた。後で聞くところによると、ちゃんとインターフォンを鳴らしたのは文香だけだったらしく、「なんで鍵なんかかけてるんだ」と小言を言われたこともあったようだ。

「よかったら今度の日曜日、うちでお茶でもどう？」と言われて、もう文香は喜んで喜んで、住井家秘蔵の十五年ものの梅干しをこっそり取り出して、手土産に持っていったくらいだった。

茜の家に入ると、フローリングの室内には、見たことのないような飾りがついた丸いシャンデリアや、凝った流線形の椅子があり、壁には素敵な絵画がかかっている。奥には絵を描くためのアトリエもあった。

木の可愛いお盆で「どうぞ」と出されたのは、ソーダとケーキ。つや消しのしゃれたグラスに、しゅわしゅわと泡が弾けている。

文香は、その繊細なデザインのすりガラス越しに、泡が次々と上がっていく様子や、赤いシロップのグラデーションをじっと見つめていた。クランベリーソーダという、見たこともない感じの色のソーダ、上にちょこんと載ったレモンのスライス。それと、ドライフルーツがぎっしり詰まったパウンドケーキも一緒にご馳走《ちそう》になる。ソーダもシロップも輸入食品の店からまとめて取り寄せ、ケーキは表参道《おもてさんどう》の店のものを、冷凍便で届けてもらったのだという。

表参道。

ドラマで見たことがある。表参道には、それはそれはきらびやかな店が並んでいるのだ。文香の中で表参道は「ハリウッド」とか「ラスベガス」とかと並んで、名前を聞いたことはあるけれど、自分が行くとなるとまったく想像がつかない土地のひとつだ。

茜も、どうやら田舎暮らしが暇だったらしく、文香にはいろいろな話をしてくれた。仕事でも使うため、英語も得意で、英語の授業でわからないところを質問すれば、すぐに答えてくれた。二十代後半と中学生、年は離れているけれど、すっかりふたりは仲良しになった。

家にはまだ帰りたくなくて、塾の教室に居残っている文香だったが、日本史のカードも、頭にはまったく入ってこなかった。思い出すのは、茜との思い出ばかりだ。

――生麦《なまむぎ》事件、島津久光《しまづひさみつ》の行列に騎馬のイギリス人が乱入、藩士たちが殺傷。18

62年。

集団の和を乱す何かが現れたとき、異物を排除しようとするのは、今も昔も変わらないらしい。

茜がオンラインのインタビューを理由に、村の寄り合いを欠席する、と聞いて激怒したのが、寄り合いを仕切っていた文香の祖母、八重だった。

たぶん他の土地の人が聞いたらひとつもわからないような訛《なま》りで、「そんなわけのわからないことをやっておいて、寄り合いの輪にも入ってこないとは何事だ。ここでの暮らしが、寄り合い抜きでできるんなら、やってみろ!」と、今年で八十歳になる祖母は、声を荒らげて茜を非難した。

八重はとにかく気性が激しく当たりも強い。その性格で、女の集団を長年にわたって牛耳ってきたのだ。村への新入りは誰でも、八重の機嫌をとるために、最初に手土産などを渡し、へりくだらなければならないといった不文律があるくらいだった。旅行から帰れば、八重に良い土産をみんなして差し出しに来る。八重は「旅行なんてくだらね」といつも言っていながら、土産がないとすぐに不機嫌になるからだ。八重に睨まれたら、村の女たちのほとんどが同調するだろう。面倒なことになるのは避けられない。孫の文香さえ、笑った顔は見たことがないような厳格な祖母だ。文香は必死になって、茜の代わりに弁解した。

「ばあちゃん、オンラインでの取材って、きっとテレビ電話みたいなもので、外国のアーティスト――絵描きさんとかとやりとりするんだよ。ほら、日本とは時差があるから、仕方がないんだって。茜さんも、お仕事を休むわけにはいかないんだよ。だって、雑誌の記者さんなんだよ?」

それでもよくは理解できなかったようで、「まったく最近の若い者は」「自分が若い頃は」「先が思いやられる」などと茜に対する悪口を、ぐじぐじと母に言い続けていた。母は、姑からのいびりの矛先が自分から外れるのを、心のどこかでほっとしているようで、お茶を淹れながら、ええ、ええ、と機械みたいに相づちをうっている。姑と夫の声は天の声とばかりに、文香が物心ついたときから、一度も母が逆らう姿を見たことがない。それがこの村でうまく生きる、母なりの処世術なのだろうが、1と0でプログラミングされたロボットみたいだな、と思うことがある。そこに母自身の意思はないのだろうか、と。

「あの家に入り浸るんじゃないよ。母ちゃんがおばあちゃんに叱られるから」と母は言うが、聞く気はさらさらなかった。波風を立てずニコニコやりすごすのが、この村で生きる母の正解であるとしても、自分も同じように、ただ流されて生きるのは嫌だ。文香の中で、新しい価値観が生まれようとしていた。

茜は、結婚してこの村で暮らすに当たって、夫には仕事のペースを乱されることのないよう、厳しく条件をつけたらしい。

しかしながら、村のしきたりは多いうえに、人間関係もとにかく濃厚だ。

まず、毎週の寄り合いでのおしゃべり（という名の噂話）、好きなときに訪問して、玄関でのおしゃべり、おすそわけしておしゃべり、おすそわけのお返しに行ってまたおしゃべり。葬式があれば三日くらい仕事を休んで手伝い、村祭りも仕事を休んで、祭りの期間中は、毎日夜の十時くらいまで手伝いに宴会のお酌。法事の手伝いももちろん、人手が足りなければ、田植えも稲刈りもみんなで手伝い合う。

そういったことが苦にならない人には、みんなで少しずつ助け合って、負担を分け合って過ごせる、人情味があって素晴らしい生活となるが、慣れていない人には、ここでの生活は辛いものとなるだろう。

創作活動をしながらのスローライフを考えていたらしき茜だが、いきなり会う人に「子供はまだか。男の子を早く産みなさい」と言われて、驚きを通り越して笑ってしまったらしい。外国にも暮らしたことがあるから平気よ、と言っていたけれど、茜の中では外国と並ぶくらいの暮らしなんだな、と思った。

驚くことは、まだ他にもあった。

茜は中学受験をしたのだという。このあたりだと中学受験という言葉すら聞いたことがなかった。入学するのに、受験をして入る中学校が存在すること、入試のためには、小学生のうちから塾に通うのは、あたりまえであること。もっと驚いたのは、都内では四人にひとりは中学受験をするということだ。

茜は中学受験をして、私立の中高一貫の女子校に行ったという。美術関係でやりたいことが見つかったので、高校一年から美大に進むための絵の塾に通い、晴れて美大に合格したのだとか。

文香が住むこのあたりでも、小学校から塾で勉強する子はいないではないけれど、子供はのびのびさせるのがあたりまえなのに、可哀想に……という文脈で語られる。文香だって、まだ子供なのに勉強勉強では気の毒だ、と思っていた。

大学についてさえ真剣に考えたことのなかった文香は、急に焦りを感じた。自分が取り残されているような気がしたのだ。のほほんと、地方で中学生活を送っている間に、同じ歳でもう塾に通って、将来のために毎日努力している子がいるとは。それも四人にひとりなんて、かなり多くの人数が。

この村では県外に出る人は少ない。就職先は限られていて、求人が出るのは、役所関係の公務員、教員、介護職くらいだ。

「どうしよう、やりたいことが見つからない」

不意に出た声は、泣き出す手前みたいに弱々しくなってしまった。やりたいことなんて何もなかった。ただ何となく高校を出て、それから地元で就職して、結婚して、それが普通の幸せだと思っていた。茜が来るまでは。

「大丈夫よ、ゆっくり探せばいいから。まだ中学生なんだし、決まっていないのは当然のことよ。わたしも中学のときは、やりたいことなんて、まるでわからなかった」

と茜は言ってくれたが、文香は知ってしまった――ここに住んでいる限り、自分の人生の選択肢は、ひどく狭いということを。

中二と、遅いスタートだったが、文香は猛然と勉強をし始める。高校入試で、このあたりで一番の進学校に根性で受かったときには、祖母も喜んだ。「さすが住井家の子だ。ご先祖様の血だ」とまるで自分の手柄のように自慢げに語っていた。これで地元の公務員試験にも受かるに違いないと、祖母は嬉しそうに言う。このあたりで一番の親孝行パターンは、地元で就職し、同じく地元の近しい人間と結婚して、実家の近くで暮らすことだ。そうなれば、親たちは周囲に鼻高々で、大いばりできる。

茜は、だんだん長期出張に出ることが多くなり、次第に村には戻ってこなくなった。ついに離婚？　とみんな、噂し合った。

逃げたんだ。やっぱりねえ、あんなチャラチャラした女にはつとまらないと思ったんだあ、まさか二年も保《も》つなんてねえ、なんて言って、祖母もいっしょになって笑っている。

茜は逃げたんじゃない。文香は思う。道で会っても、挨拶しないでみんなで無視するなんて、本当に子供じみたことをしているうちに、見限られてしまったんだ。捨てられたのは、この土地の方だ。

連絡先は交換していたが、高校生活が始まった慌ただしさと、何か詮索するみたいになってしまうのも悪いと思い、だんだんと疎遠になっていった。でも、最後に交わした手紙は、今でも大切に取ってある。

「今から知らせる連絡先はずっと使うものだから、たとえ何かの拍子で電話が変わっても、必ず連絡は通じるからね。もしも文香ちゃんが東京に来たら、一緒に表参道へ行きましょう。遠慮なく、いつでも連絡してね。一緒にいてくれて、とても楽しかった。ありがとう」

その手紙の名前では、まだ姓は変わらず、石光茜となっていた。住所は東京の品川《しながわ》だった。

文香は決心したのだった。必ず東京に行く。東京で大学生になってみせる。やりたいことは、茜と表参道を歩くことくらいしか思いつかなかったが、それもれっきとした、ひとつの目標だ。自分の心にエンジンがついたみたいに、やる気が湧いてくる。

茜のおかげで、英語は一番の得意科目になっていた。茜と同じ美大は無理でも、外国語大学に行けたなら、どれだけ楽しいだろう。

それに、茜みたいに、外国語で仕事ができるようになったら、どれだけ世界は広がるだろう。自分だって、いろいろな国の人と話をしたり、一緒に仕事したりできるようになるかもしれない。

頑張りが実を結んで、文香は高校二年の進級時に、成績優秀者の特進コースに選抜された。このまま頑張れば、東京行きの夢にも、学力的にはじゅうぶん手が届く。幸い、文香はひとりっ子で、家はそう裕福な方ではないが、子供のときから結婚費用として積み立ててくれた蓄えがあると聞いている。アルバイトをしながらにはなるだろうが、東京での大学生活は、決して不可能ではない。

意を決して、ある日、母親に相談してみた。

「あのね、お母さん、わたし、大学は東京に行って、英語を勉強したいの」

母親はいつもの通り、何の感情も見せず「お父さんと相談してみる」と言った。

しばらくして、どすどすどす、とふすまの向こうから足音が響いてくる。

もうそれだけで気持ちがくじけそうになるが、負けない。

パン、とふすまが音をたてて開いた。作業着に、首にタオルを巻いたままの父は、まなじりをキッとつり上がらせている。

「何を馬鹿げたことを言ってるんだ」

「馬鹿げてなんか……」

「あの変な女に感化されたのかもしらんが、それは東京でしかできないことなのか。家から通える範囲のところにも、英語を習えるところなんてどこにでもあるだろう。それに英語を習ってどうする気だ。このあたりに英語を話す外国人がどこにいる」

確かに、自転車とバスと電車を乗り継いで、片道二時間半となるが、家から通えるところに、大学がひとつもないわけではない。でも行きたいのは東京だ。

「英語の成績だってどんどん上がってる。英検だって一級を取った。だから、日本で一番のところで英語を勉強したいの！　英語だけでなくて、他の言語も。他の大学では学べない言語も、その大学ならあるから」

父との話し合いは平行線となった。

背中に圧を感じて振り向くと、祖母が立っていた。齢《よわい》八十にしてこの気迫。さっと母が席を譲って後ろに下がる。

「誰が住井の家を継ぐ。ひとり娘として生まれてきたお前の義務を果たせ」

部屋が静まりかえる。気持ちが萎えそうになるのを必死で立て直す。

「でも、ばあちゃ――」

「家を守り、子を産むこと以外になんの仕事があるものか。家を継いで命を繋いでこそ、女の幸せがある」

すべてはお前のためだ。と祖母は言った。

見合いの話もそろそろ動き始めていることを、初めて知った。この家に婿養子に入ってくれる人を探すとなると、それこそ十代の今のうちから動かないといけないのだそうだ。

なんだそれ。

文香は思う。

好きでひとりっ子に生まれたわけでもなければ、好きでこの土地に生まれたわけでもない。

勝手な期待をみんなで押しつけて、自分の知らないところですべてが決められようとしている。そこに自分の意見の入る余地はない。

この家ですべての実権を握っているのは父ではなく、祖母だ。祖母が渋々でも納得してくれれば、道は開けるのかもしれないが、この頑固者の祖母が気を変えるなんて、まずあり得ない。ご近所でもひとり、遠くの大学に進学して、そのまま仕事を決めて村には帰ってこない人がいるが、なんと親不孝な息子だろうよと、祖母はことあるごとにこき下ろしている。

母は、文香がひとりっ子で、女の子しか産めなかったために、姑にはそれはそれはいびられ続けたらしく、陰で泣いていたこともよくあった。

くだらない、と思う。何もかも。

文香には、我慢ならなかった。

「ばあちゃんなんて、家が大事、家が大事って、この村からも全然出てないくらい、狭っこい人生じゃないか！　世界のことなんか何にもわかんないくせに！」言うなり、パアン！　と頬が鳴った。右頬がじんじんする。頬を張ったのは父親だった。

涙が浮いてくる。

「何が〝お前のため〟だよ！　みんなわたしのことなんて、どうでもいいんじゃないか！　じゃあ、わたしなんのために生きてるの？　この家を継がせるためだけにわたしを産んだの？　そんなのおかしいよ！」

「この家がおかしいというなら、やってみろ」いつものように祖母が言う。ひとりでは何もできないのがわかっていて、それをせせら笑うような「やってみろ」だ。

「やってやる！　絶対諦めるもんか！」と吐き捨てて、自分の部屋に戻った。

布団をかぶって泣いた。

例えば卒業と同時に家出をして、一年働いて受験する。いや、東京の家賃は驚くほど高いと聞いている。物価も。働くだけで精一杯になってしまうかもしれない。学費も貯めなければならないのに、生活費から積み立てるなんて現実的に可能なのか。アルバイトは激務になるだろうけど、学力は今以上のレベルを保たなくてはならない。奨学金だって取れるかどうかはわからない。お金もからむことだ、茜にも頼めない。

その後すぐ、祖母は農作業中に大腿骨を骨折して入院することになった。顔を合わせると、とげとげしい言葉の応酬になるので、文香は祖母が自分の身の回りからいなくなったことに、内心ほっとしていた。父母に何を言われようとも、勉強は続けることにした。公務員試験にも有利だからと、塾だけは辞めさせられなかったのは幸いだった。

ときどき祖母の見舞いに連れて行かれたが、病室でも長々と説教されるのが嫌で「ちょっとお手洗いに」などと言って、早々に病室を出て、外の廊下で単語帳をくっていた。

ひどい孫だと自分でも思うが、祖母の存在は人生の邪魔だった。

――この家がおかしいというなら、やってみろ――

やってやる。絶対に諦めない。

塾にはもう学生は誰も残っていないようで、先生が、戸締まりのために回ってきた。

文香は、頭の中のモヤモヤを振り払うようにして、ぱたん、と単語帳を閉じる。家に帰ろう。今から帰っても、家に着くのは十時を超えるだろう。街灯のないところもあるので怖いが、仕方がない。

文香は東京行きの夢を諦めきれずに、高二の今も、受験勉強を続けている。全部が無駄になるかもしれない努力をし続けるというのは、精神的にとてもきついことを知った。

それでも一縷《いちる》の可能性、父親が突然、東京の大学行きを許してくれたり――というたぶん一パーセントにも満たない可能性にかけてみる。もうそれしかないのだ。

祖母が入院中に合併症を起こし、容態が急変したのは、二週間前のことだった。父も母も病院に通い祖母につきっきりになり、文香も学校が終わるとなるべく足を運ぶようにした。

しかしながら、体力は落ちていても祖母の意識ははっきりしており、文香を見る度に、聞こえよがしに嫌みを言う。それが嫌で、文香は目も合わせなかった。

あの口喧嘩からまともに話をすることもないまま、祖母は眠りについた。涙のひとつも出なかったが、哀しそうな振りだけして、葬式でも頭の中で過去問を解き続けていた。

塾帰りの自転車は暗闇を切り裂くように行く。きっとばあちゃんが化けて出てきたら、両手を幽霊の形にしながら「この親不孝者……この家が……おかしいというなら……やってみろ……」と言うだろう。

それでも、〝はい、家を守ります〟なんて絶対に言ってやらない、と文香は前方の暗闇を睨みつけた。

前方から車のライトがやってきて、文香は眩しさに目を細める。そのまま、路肩に停まったその車が、ちかりとライトを瞬かせて合図を送ってきた。父の乗っている軽トラックだった。どんなに強く断ろうとも、父は塾の帰りには必ず軽トラックで迎えに来る。そのことにどこかほっとしていることも、結局、自転車を荷台に載せてもらって車で帰ることも、偉そうなことを言っておきながら、親がいなければ、何もできやしない自分自身も、何もかもが疎ましかった。

高校の部活は籍だけ英語部に置いてはいるが、それには参加せずに、放課後はいち早く帰る。家で一問でも多く、過去問を解きたかった。文香は、勉強だけが、この呪いみたいにがんじがらめになった鎖を外せる、唯一の鍵だと思っていた。自転車に乗ってヘルメットをかぶり、さあ帰ろう、と思ったとき。

自転車置き場の柵越し、外の道に、〔住井文香さま〕と書いた札を、高々と掲げている女の人がいるのに気が付いた。いつかテレビで見た、空港の出迎えみたいだ。帽子をかぶって、ショートカットの髪に背後にはバイク。バイクの荷台には箱があって、〝天国宅配便〟と書いてある。

運送会社にしては変なネーミングだな、と文香は思った。天国は〝heaven《ヘヴン》〟の天国なのだろうか。例文でも見た気がする。〝What a heavenly day!〟（何とすばらしい日だろう！）

怪しいが、自分の名前をあんな風に高々と掲げられて、素通りはできない。目が合うと、向こうは（あっ！）という嬉しそうな顔になった。とりあえず、会釈を返す。

仕方なく、自転車を押して、近くに寄ってみた。

荷台の箱にも、配達人の制服にも、白い羽根のエンブレムがついている。色はグレーの、見たことのない制服だ。名札には「七星」とあった。

「すみません。住井文香さんでいらっしゃいますか。わたくし、天国宅配便の七星律と申します」

「はあ」

「わたくしども天国宅配便は、ご依頼人の遺品を、しかるべき方のところへお渡しするということをしております」

遺品？　文香は嫌な予感がした。

ふと、そのバイクを見れば、品川ナンバーになっている。

品川――まさか。

茜もたしか、今は品川に住んでいる。

遺品ということは……。いやそんなはずはない。茜はまだ二十代後半だ。何かの間違いだ。

目の前が暗くなる。

すべてをかけて頑張ってきたのも、茜に「受かったよ！」と合格の連絡をしたかったからだ。わたし、やりとげたよ、と胸を張って会いに行くはずだった。

文香にとって、茜が生きる目標だった。

どうして――

「こちらを」と、荷台から七星が荷物を出してくる。

一気に涙が溢れ出して、止まらなくなった。

茜には、これからいつでも会えると思っていたのに……こんなことなら、連絡をしておくのだった。無事に合格してからだと思って、感謝の気持ちもきちんと伝えていない。茜さんのおかげで、英検も一級取ったんだよって。どうして言わなかったんだろう。

泣き出した文香を見て慌てたのか、「あ、すみません、ちょっと説明いたしますね」と、七星が伝票を示す。

送り先には確かに、〔住井文香さま〕とある。

しかしながら。送り主の名には――糸谷《いとや》健一郎《けんいちろう》とあった。

急に、涙が止まる。

何度も、その名前を読み返した。

糸谷健一郎。

「誰？」

もう一度見る。茜じゃない。

「え。すみません、これ誰？」

糸谷なんて、まったく覚えのない名前だ。葛飾《かつしか》区から始まる住所にも、心当たりがない。親戚中の名前を思い起こしたが、〝糸谷〟も〝健一郎〟も知らない。学校の先生の名前まで思い返してみたが、その名前には見覚えがなかった。

でも送り先の名前のところには、しっかりとした字で、住井文香さま、とある。

「糸谷、さん……？　まったく知らない人です。あの、これ、何かの間違いではないですか。宛先の名前が、わたしと同姓同名の人だったりとか」

「驚かれるのも無理はないと思います、この遺品にはちょっとした事情がありまして。よろしければお茶でも。説明いたします」と言いつつ、七星はきょろきょろして、高校の前が見渡す限り田んぼで何もないことを確認すると、ちょっと迷ったようだが、少し先にある自販機を手で示した。「では、あちらで」

自販機でコーラを買ってもらった。近くのバス停のベンチに座りながら、七星は腰に手を当てて、豪快に健康ドリンクを一気飲みする。

颪に乗って、学校の外周を走る野球部のかけ声が聞こえてきた。吹奏楽部の練習も始まった様子だ。

「配達の事務所は東京なんですか。一泊して、こちらまでいらしたんですか」

七星が「いや、早朝出ました」と言うから、本当に驚いてしまった。東京からここまで、たったの一日で来られるとは……。

「慣れてますから。ご依頼があれば、日本全国行きます。依頼人の方がお望みなら、外国にだって行きますよ」と言う。変わった仕事もあるものだな、と思った。

七星が、ジャケットのポケットから、四角い何かを出してきた。

「あ。これ、よかったら……ただのチョコレートなんですが、東京限定パッケージです」

ありがたく、チョコレートをいただいた。

「今回のこのご依頼は、わたくしども天国宅配便としましても、少々イレギュラーなことなのですが、この送り主である、ご依頼人の糸谷さんはまだ、ご存命です。ご依頼人たってのお願いでして。事情が事情なのでお受けしました」

それでは、遺品というのは何なのだろう。

「ある方の遺品を、糸谷さんが代理で預かっておられて、それを住井さんへお送りしたいとのことです」

「誰の遺品かわかりますか」

「お祖母《ばあ》さまである、住井八重さんの遺品です」

いろんな意味で驚いた。祖母は、田畑を守って、県外にはほとんど出たこともなかったはずだ。農閑期は副業の果物を育てるか、黙々と藁《わら》を編んでいた。その祖母が、遺品宅配サービスなんて、あまり見かけないようなものを、どうやって探したのだろう。テレビも見ないし、新聞も雑誌も読まない祖母だ。しかも、祖母は東京には知り合いなんてひとりもいないはず。何か渡すなら、父を経由して渡せばいいことだし、近所付き合いの損得勘定を抜きにして、そもそも人に何か渡すところすら見たことがない。

この糸谷とは、いったい何者なのだろう。祖母とはどういう関係なのだろう。遺品を預かるということは、かなりの深い仲なのは間違いない。

もしかして、この糸谷は祖母の昔の恋人で……村と東京で密《ひそ》かに繋がりがあって……愛し合うふたりは引き裂かれ……いやいや、岩みたいに頑固で気の強いうちの祖母に限って、そんな秘められた恋愛は無かったはず。県外へのやりとりは、手紙か電話のみとなるだろうし、そういう色っぽいやりとりなんて、祖母からは最も遠い気がする。恋愛映画すら、「映画なんてくだらね」と言い、ひとつも観なかったくらいだ。

文香にはわからないことばかりだった。

「よければ、お荷物を開けてみてください。中のものに関しても、説明いたします」

七星の言葉に促され、文香は恐る恐る箱を開けてみる。

何これ。

中には、ポータブルゲーム機が入っていた。状態からして、新品のようだ。マイクとイヤホンが一体となった、ヘッドセットも入っている。ポケットWi-Fiの機械らしきものもある。

ゲーム機？

「あの、いったい、これは……」途方に暮れる。

祖母はテレビさえ「くだらね」と毛嫌いしており、祖母とゲームと、東京に住んでいるらしき男性の糸谷が、どうしても結びつかない。いったい何なのだろう、これは。

「今日、住井さんが家にお帰りになったら、このゲーム機には、あらかじめIDとパスワードがセットされておりますので、このヘッドセットをつけて、ゲーム機を起動してください。そうすれば、すべてが明らかになるそうです。遺品自体の受け渡しも、ゲーム内で行われます」

ゲーム内で、遺品を受け渡す？　いったい何が、どうなっているのか。

「え。では、このゲーム機はどうすれば。見たところ新品みたいですよね」

「このためにご依頼人が準備したものですから、ご自由にお使いください。ポケットWi-Fiだけはレンタルなので、使い終わったらご返送を。返送用の伝票はここにあります。費用はかかりませんので、ご安心ください」と、説明される。

何が何だかわからない。

祖母は電化製品全般を毛嫌いしており、洗濯機を使う母に、ずっと嫌みを言っていた。電気炊飯釜の導入さえ、メシが不味《まず》くなるからと許さなかった。いまだに我が家の掃除は、箒《ほうき》とちり取りと雑巾だ。特に祖母はゲーム機が嫌いで、どんなに文香が欲しがろうとも、家では禁止だった。

「わたし、ゲームって、やったことないんです」

「操作は、そう難しいものではないので大丈夫です」

もしわからないことや、困ったことがあればこちらにと、天国宅配便の連絡先をもらった。七星はヘルメットをかぶり、「それでは、失礼します！」とエンジン音を響かせながら去って行ってしまった。

今の、何だったのだろう。

手元の謎のゲーム機、見知らぬ男、祖母からの遺品。

夢の中で、脈絡もなく展開するストーリーみたいに、すべてが繋がっていないように思える。

この糸谷とは誰なのか。祖母がこんなサービスまで使って、ゲーム内で孫の自分に送りたいものとは、何なのか。

とりあえず、すべては帰って、ゲームを起動してからだと、文香は力を込めて自転車をこぎ始める。


家に帰ると、自分の部屋にこもった。

どんな話が出てきても、驚かずにいようと、気持ちの整理をしようとするが、うまくいかない。祖母と同い年くらいのおじいさんにしては、選んだのがこのゲーム機というのが、いまひとつわからない。戦後の苦しい時期を、ともに過ごした祖母のかつての恋人が、運命に引き裂かれて地方と東京に。そしていきなりゲームを？　孫に？　送りつけてくる？

まあ、いくら想像していてもわからないので、文香は「よしっ」と気合いを入れつつ、ポケットWi-Fiと、そのゲーム機とやらを起動してみる。入っているゲームは、なんてことはない。文香もよく知っている、オセロのようだった。

ヘッドセットを差し込むと、ヘッドフォンから軽快な音が流れ出した。自分が考えているよりももっと、音質が良くて驚く。

なんだこれは、このオセロをどうすればいいんだ。とりあえず始まりそうなボタンを押してみた。緑地に碁盤の目、白と黒の石の、おなじみの盤面が広がる。

隅っこのところに、〔ken1〕とあるが、これが名前なのだろうか。自己紹介欄のようなところには、〔オセロ大好きken1です！　よろしく〕とある。

音楽が急に速いものに変わった。対戦モードのようだ。

すると。

「八重っち？　八重っちじゃないよね？　まさかねー、じゃあ孫の文香さん？　あってる？」

陽気な声がした。八重は祖母の名だ。でも、〃八重っち〃？　祖母と繋がりがあるので、てっきり祖母と同じ歳くらいのおじいさんを想像していたが、この声、ひどく若い。そして軽い。

そうか、糸谷健一郎で、ken1《ケンイチ》なのか、と今わかった。

何か答えなきゃ、と思って、文香は焦る。

「もしもし？　ええと、これ、声、繋がってるんですよね。聞こえてますか。もしもし？　住井文香です。住井八重の孫です、よ、よろしくお願いします」

「聞こえてるよー、じゃ、お孫さんのよしみで、白でお願いしゃーす。俺は黒ね。後攻が有利だから、とりあえず俺から行きます、よっ、と」と言いつつ、ｋｅｎ１は黒を置いた。なぜかオンラインで、いきなりオセロの対戦が始まっている。

何なんだろう、と思いつつ、とりあえず、文香も白を打った。一個だけ、黒をひっくり返してみる。

「あの、あのすみません。ｋｅｎ1さん？　祖母とはどういう……」

「八重っちは、俺のオセロ仲間でさー、毎日つるんで、すげえ楽しかったんだー」と言う。

話を総合するに、どうやら祖母はボケ防止にと、誰かから与えられたらしきオンラインのオセロゲームで、この軽そうな男、ｋｅｎ1と毎日のようにやりとりをしていたらしい。病室にはそんなものの影も形も無かったので、誰かが見舞いに来たときには、隠していたのかもしれない。

それにしても、このｋｅｎ1、しゃべり方がテレビの番組で見たホスト、もしくはギャル男《お》そのもので、文香は、東京はいろいろすごいな……首都だな……と遠い目になる。こんな風に、いろいろぺらぺら立て続けにしゃべられたら、うまく会話できるか自信がない。よく祖母はこの男とやりとりできたものだ。ｋｅｎ１の姿をイメージしてみるが、どうやら声の調子から、寝ころんだままゲームをしているらしい。飲み屋とかで遅くまで飲み歩いて、昼頃起き出して寝床でそのままゲーム、無職でぶらぶら親のすねをかじっているような姿が思い浮かぶ。

見れば、右隅にはｋｅｎ１、左隅には八重とある。本当に、祖母はまめにこのオセロをプレイしていたらしい。何の印なのか、大きさの違う星印もいくつか見える。

「八重っち、うちには孫がひとりいて、っていう話をよくしててさ。その孫ってのが俺と歳も近いから、盛り上がっちゃって。孫は東京に出たいって言うけど、そんなの絶対許さないんだって話をしててー」

何が〝絶対許さない〟だ。

祖母の八重は、見知らぬ他人にもそんな話をしていたのかと、文香は怒りに震える。勝手に雑談のネタにされていたことも許せないが、文香にとっては人生の一大事でも、祖母にとっては、見も知らぬ人と、ゲームの合間に簡単に話せる程度の、そんなに軽い話題だったのかと。

オセロの白が、一気に黒に返される。ｋｅｎ１、なかなか強い。

「でね、俺、言ったんだ。女に学がいらないなんて、もう古い古いって。八重っち大正生まれなの？　って訊いたら、まだそんな歳じゃないって怒る怒る」

このギャル男、声だけだからって、怖いものなしだな……文香は思った。

「だってさ、生きていく力は、男だろうが女だろうが、絶対要るだろって、オセロしながら毎日大激論よ。したらさ、八重っちが、東京なんて出て行ったら、帰ってこなくなって家も継がない、ひとり娘なのに、そんなことが許されていいはずがない、とか言い出すからさ。俺、なんだあ、八重っちの家って、そんなに名家で、重要文化財とかに住んでんの？　家、石油出るとか？　って訊いたら、ただの田舎の家だって。俺、悪いんだけど、すげえ笑って、継ぐ……家も……普通の……家なのに……〝継がせる〟とか……って言って、ヒイヒイ笑ったら、カンカンになって怒るのな」

そのときの祖母の顔を見てやりたかった。そうなのだ、特に我が家は名家というわけではない。伝えられた財宝もなければ、殿様の血を引く家系とかでもない。ごく普通の家だ。

また黒がひとつ置かれて、オセロは進む。

「で、八重っち自身は、家継いで人生満足してたの？　って訊いたんだ。八重っちが、そりゃそうだって、声が小さくなるからさ、ええー、声小さくない？　って突っ込んだら、みんながそうだったんだからそうなんだ、って声を張るんだよね。でも、みんなと同じだからそれでいいんだって、なんかちょっとなー、って言ったら、黙っちゃって。八重っちは、やりたいこととか、本当はなかったの？　って訊いたの。そしたらさ」

オセロは劣勢だった。頭の中が、よくまとまらない。

「――映画も好きなときに見たかった、もっと旅行もしたかったって、八重っち、やりたいこと、ボロボロ出てくんだよ」

オセロの指が止まる。

旅行なんてくだらね、映画なんてくだらね、と吐き捨てるように言っていた祖母の声が不意に蘇る。

「じゃあさあ、お孫さんもそうじゃない？　って、俺言った」

文香はそのまま、ゲーム画面を前に、動けずにいた。

「俺さー、俺だってこんなに身体が悪くなかったら、映画も好きなときに見たかったし、旅行もしたかったよ。八重っち、俺とお揃いじゃん、って言ったら、八重っちオセロしながら、声出して泣いてんのよ。でもオセロは強いんだ、八重っち」

ｋｅｎ１は笑っている。通信ごしにしろ、祖母が人前で涙を流すなんて考えられないことだった。映画なんていつでも行ける、でもｋｅｎ１はそうじゃなかった。

「俺、ひとり暮らしもしてみたかったし、大学も行きたかった。車でドライブとかもしてみたかった。この身体だから、俺にはもう無理だけど、お孫さんは、八重っちと、俺の分まで、やりたいこと、今からいっぱいできるんじゃないのって……ほらほら、手、止まってるよー」

慌てて、白い石を打つ。

さっき「八重っちと、俺の分まで」とｋｅｎ１は言った。

例えば、ただの怪我などで一時的に入院している人が、そんな言い方をするだろうか。

たぶん違う。声が明るいから最初、気がつかなかった。飲んだくれて寝床でゲームしているわけじゃない。ゲームで繋がった声の主は、相当深刻な状態なのかもしれない。オセロは操作が易しいから、それで——

「八重っちが、孫はもう、見舞いにも来ないって言うからさ、そっかー、って思ってたけど、俺、八重っちのために、なんかやりたいなって思った。八重っちは、天国宅配便とか、そんなの知らなかったみたいだけど、俺、前に調べたことあってさ。オセロ仲間のよしみだし、もし孫に、伝えたいことがあったら俺が絶対伝えるからって、代理で申し込んだんだ。八重っちの声、録ってるから。じゃ、行きまーす。いい？ ＯＫ？」

――文香――

確かに祖母の声だ。厳格だったあの頃より、ずっと弱々しい。

――もっと文香の話を聞けば良かった――

――文香といっしょにどこへでも行ってみたかった――

――やりたいことをやりなさい――

――行きたいところへ行きなさい――

――やってみろ――

いつもの祖母の声がする。いつだって、お前なんかにできるものか。やれるものならやってみろと見下され、馬鹿にされてきた。でも今は違う。

――住井の血を、お前の力をみせてやれ――

オセロはもう、負けていた。

何度も礼を言う文香に、ｋｅｎ１は笑って言う。「いいよーいいよー礼なんて。八重っちと対戦できなくなって退屈してたんだ。八重っちのこと伝えられて、俺もすっきりしたー。なんだい、ばあちゃんは超強いのに孫は弱いじゃん。八重っちは、ああ見えてオセロの女王だから。ほら、名前の下の、横のとこ見て。大きい星が百勝だからね」

見れば、八重の名の下は大きい星ふたつに小さい星がたくさん。ｋｅｎ１のところには星はたったの四つだ。

「じゃあな、八重っちの孫ちゃん！　達者で暮らせー」

本当にありがとうございます、と言って、他に何を言おうか、頭の中で考えているうちに、ｋｅｎ１との対戦は終わっていた。

不意に思い出す。小学生の頃、オセロの盤面を出して、縁側で白と黒、一人二役で遊んでいたら、一回だけ、「やってみろ」と祖母が相手をしてくれたことがあった。怒られるのが怖くて、終始ビクビクしており、何かの修行みたいだった。あのとき、祖母には大差を付けて勝ったけれど、怖くて、どう喜んだら良いのかもわからなかった。

今思えば、わざと負けてくれたのだろう。不器用で、孫との遊び方を良く知らなくて、うまく遊べなかったのかもしれない。

今こそ家は祖母と父母、文香の四人だけとなっていたが、昔は曾祖父、曾祖母、祖母と祖父、父を筆頭に五人兄妹がいた。農作業の他に子育て、掃除洗濯などの家事、三食の食事の世話を一手に引き受けて、祖母ひとりで家をまわしていたのだ。曾祖父は身体をずっと悪くしていて、その介護もやっていた。便利になった今とは違って、掃除機や食洗機、洗濯機などもまだなかっただろうし、農作業だってすべて手作業だったろう。一日のうち、自由になる時間なんて、ほとんどなかったに違いない。

オセロだってそんなに強かったのだったら、先を読む力みたいなものも、かなりあったはずだ。地頭も決して悪くはなくて、もしも時代が違ったり、住むところが違ったら、どんな人生が拓けていたかはわからない。

近所の寄り合いにしても、祖母なりに、地域の人と仲良く協力しあうことで、自分だけじゃなくて、家族や地域をも守ろうとしていたのかもしれない。

もしかして、祖母は、入院したことで初めて、自分のための時間を持つことができたのだったら――

なんてことを言ってしまったんだろう、と文香は思う。祖母とまともに交わした最後の会話は、「ばあちゃんなんて、家が大事、家が大事って、この村からも全然出てないくらい、狭っこい人生じゃないか！　世界のことなんか何にもわかんないくせに！」だった。

わかっていなかったのは自分の方だ。狭っこいのは自分の方だった。

いつかの授業で習った宣言のように、〝人は生まれながらにして自由かつ権利において平等である〟

――とは、限らないかもしれないけど、めまぐるしく変わっていく環境の中で、何が正しいのかも刻々と変わっていく中で、祖母は祖母で、ばあちゃんなりの人生を精一杯生きた。

――やりたいことをやりなさい――

――行きたいところへ行きなさい――

「ばあちゃん……」

文香はつぶやいた。

両親の元へも、天国宅配便から、それぞれに祖母の音声のデータが届けられたことを知った。ｋｅｎ1が、すべて手配してくれていたらしい。祖母は、最後まで家族に対して、強い姿勢を崩さなかったが、両親への音声では、文香の進学を擁護してくれた。直接は言えずにいたのだろう。頑固な祖母と言えば祖母らしい。

文香は、志望大学の入試にも無事に合格し、この春から、東京で大学生活が始まる。いつでも顔を見て話せるように、実家のネット環境も整えた。

墓をブラシで掃除し、草を引き、古い花も取って、買ってきた新しい花を供える。ろうそくと線香に火をつけて、文香は祖母の眠る墓に、大学の合格を報告した。

大学できちんと勉強して、自分がやれるところまでやってみる。でも、祖母の守ってきたこの家と思いも、大切にしようと心に決めた。今はなんにもできないけれど、農業と英語をうまく組み合わせることで、何か新しいことができるようになるかもしれない。

線香の煙が、風に吹かれていく。

茜にも手紙を送ったら、すぐに「おめでとう！」と電話がかかってきた。どこに連れて行ってあげようか、約束通り、表参道のカフェにも絶対行きましょうと、いろいろ計画を立ててくれて、今からとても楽しみだ。結局、茜は離婚せず、別居婚ということになっているのだという。だから東京の家には、いつでも遊びに来てねと、いたずらっぽく言ってくれた。

もうひとり、大事な連絡をしなければならない人がいる。すべては、天国宅配便に代理で申し込んでくれた、ｋｅｎ１のおかげだった。どうしてもお礼を言いたくて、あのオセロの対戦の後に天国宅配便の七星にも連絡を取ったが、「俺っちは風の妖精だから探さないでね」と、糸谷さんから伝言をお預かりしているんです、と申し訳なさそうに謝られた。父母も一緒になって、送り状の住所をもとに探しても、どの病院の誰なのか、ｋｅｎ１についてまったく手がかりは見つからなかった。

しまい込んでいたゲーム機を取り出して、起動する。

オセロのゲームを開いたが、いつまで待っても、ｋｅｎ１はログインしてこなかった。よく見たら、最終ログイン日時が、今から二か月前となっている。

きっと今も元気にしているんだ。オセロゲームに飽きて、遊ぶのをやめてしまっただけだ、と文香は思い込もうとしたが、うまくできなかった。あまり考えたくはないことだったが、ｋｅｎ１はもう、どこにもいないのかもしれない。

ふと、自己紹介の欄が、前とは少し違っていることに気が付いた。

オセロの女王に告ぐ！　次こそ八重っちに勝つぞ！　再戦だ！

文香は、ふたりが向かい合って、縁側で、オセロをしている姿を思い浮かべる。

なんだよう、八重っち、強すぎじゃん。まだまだ若いもんには負けんわ。なんて言いながら、時を忘れて、オセロをしているふたりの姿を。

第3話

午後十時のかくれんぼ

公園のベンチに、スポットライトみたいに明かりが灯《とも》っている。巴山祐《ともやまゆう》は、指定席のようなそのベンチに、いつも通り座ると、コンビニの袋から、ビールと唐揚げを出した。

ビールの銘柄は、ブチ猫の絵がついたもの。毎日買うものだから、コンビニの店員も心得たもので、何も言わずとも箸を付けてくれる。向こうも、猫のビールのおじさんだと思っていることだろう。毎日のメニューは、ビール・唐揚げか、ビール・ミニのパック寿司。あまり暑いときには、ビール・ざるそばもある。今日は暑くも寒くもない、九月終わりの良い夜なので、特別にビール・枝豆・唐揚げ串にした。

祐はこの公園が好きだった。広すぎず狭すぎず、視界が開けており、治安も悪くない。

すぐそばに団地が見える。団地の窓は、カーテンの色の違いなのか、赤、白、黄色、うすい水色など各部屋の窓が、いろんな色に染まっている。その色とりどりの四角を、祐は見るともなしに眺めるのが好きだった。影絵みたいに何かの姿が映っていることもある。窓辺で煙草を吸っている中年男性らしき影や、子供たちが数人走り回る影が、「こら－っ！」と叱られてぴたっと止まる様子も見えたりする。映画を見ているのか、暗い中に、いろんな光が点滅するように派手に光っている部屋もある。下から見上げていると、人生の縮図みたいだと祐は思う。

きっとこの団地の中にも、新婚ほやほやで毎日幸せな家庭もあれば、いろいろなことが重なって、今、不幸せな家もあるだろう。それでもこんな風に、ただの色とりどりの四角い光となって壁に並んでいるのは、なんだか不思議な気がする。

祐がいつも同じビールの銘柄を選ぶのは、単に美味しい、ということもあるのだが、このビールの、目のまん丸いブチ猫――可愛いようなそうでもないような、でもまあ、やっぱり可愛い感じ――の絵を見ていると、いつもひとりの女の子を思い出すからだ。髪をひとつにくくった、背の低いあの子。笑うといっそう、このビールのブチ猫によく似ている。

真帆《まほ》。

「み－つけた」と言うと、真帆は「あっ、見つかっちゃった」と、それでも嬉しそうに言っていたっけ――

祐と三木田《みきだ》真帆は、小学校の同級生だった。同じクラスになって、最初にどう馬が合ったのかまでは覚えていない。それでも真帆とはなぜか、休み時間も放課後もよく遊ぶようになった。真帆との遊びは決まって「かくれんぼ」だった。かくれんぼなんて、どちらかというと幼稚園児の遊びみたいだし、小学三年生にもなって、かくれんぼなんて……という照れもあってか、「かくれんぼやろう」と真帆が言い出すと、遊んでいた子はひとり減りふたり減り、いつも最後には、だいたい真帆と祐、ふたりでのかくれんぼとなった。

無理もない。小学三年生と言えば、女子は女子で派閥ごとに遊ぶのがあたりまえだし、男子も男子でゲーム等に興味を持ち始めているのに、真帆は、かたくなに「かくれんぼ」で遊ぶことを主張する。

なぜそんなに、真帆はかくれんぼにこだわるのか。

祐が鬼になり、「いーち、にー、さん、しー……」と三十まで数えたら、真帆の姿はもう、影も形も無くなっている。どんなに探しても見つからないので、とうとう祐が観念して「降参!」と言うと、真帆は遊具と地面の隙間、そんなところにどうやって入ったんだという狭い隙間から、大量の落ち葉とともに這って出てきたりする。降参したので、祐がまた鬼になると、また真帆の姿はどこにも見えなくなる。

祐が何度目かの「降参！」をすると、「ここだよー」と声がして、高い木の枝に、やもりのようにしがみついている真帆を発見する。落ちないように裸足《はだし》の足指でもしっかりと木の肌を摑んで、ちゃんと死角になるよう身体をねじらせ、木の枝と一体化している。

そうなのだ。真帆は、自他ともに認める、かくれんぼの天才だった。

真帆に付き合わされ続けて、祐自身、かくれんぼには詳しくなったが、真帆以外の人とかくれんぼをしても、普通は、目には見えない気配みたいなものまでは決して消せない。温度でもないし、匂いとかでもないのだが、ここに人がいる、という何らかの気配は、肌で感じることができる。たぶんここだろう、という見当はすぐ付くので、そばに寄っていったら、フフフッとこらえきれず笑ってしまったりもする。まあそれが、普通の人間のかくれんぼだ。

真帆が隠れるときは、その気配までもを、どうやってか消すことができる。鬼になって数を数え、目を開けたら、自分が一瞬、何をしていたのか忘れるほどだった。

（あ、かくれんぼで、真帆を探すんだった）と思って、あたりを見回しても、ここに真帆がさっきまで本当にいたのかさえ不確かに思えるくらい、一切の気配が消えている。

一番祐がびっくりしたのは、三十数えて、真帆をどれだけ探しても見つからず、「降参！」と言うなり、祐が三十数えていた木の裏から出てきたことだ。まさかそんなところにいようとは。本当に、かすかな音も、少しの気配も感じなかった。手品みたいだ。

真帆は、〝近くにはいないだろうと思っている、その考えの裏をかくのが、かくれんぼ道の極意〟などと得意げだ。

そんな感じなので、「みーつけた」よりも「降参！」が圧倒的に多い祐は、必然的にいつも鬼となり、隠れるのは真帆ばかりとなっていた。

真帆とは、小学校を卒業しても仲が良かったが、中学生になっても「かくれんぼやろう」と言い出すので困った。

さすがに中学生でかくれんぼはないだろう。祐は仲間内で流行《はや》っていたスケボーの方をやりたかったので、断ろうと思ったが、「いやだ」と言うと真帆はとたんに泣き出しそうな顔をする。そんな顔をされると、なんだかとても悪いことをしているような気になるので、祐は渋々「一回だけだからな」と約束して、真帆とかくれんぼをする。

真帆は図書館から『特殊部隊の森林サバイバルテクニック』やら『完全逃走マニュ

アル』などの本を借りてきては、自作の「かくれんぼ秘技ノート」に、かくれんぼ技術向上のため熱心に書き込みをし、誰よりもかくれんぼに対して情熱を燃やしていた。オリンピックにかくれんぼの種目があれば、きっとメダルだって取れたに違いない。

中学校からの帰り道、真帆とかくれんぼをするための場所を探していて、狭い公園に通りかかった。そこは見晴らしの良い公園で、遊具も少なく、枝の剪定も終わってしまったばかりで、木も丸裸の状態。一見ガランとしていて、隠れるところなんて、無いに等しい。

ところが真帆は「ここでかくれんぼしよう」と言う。

「こんな隠れるものがないところでしても、つまらないよ」と言ったのに、真帆は、ここがいいと言う。

祐が渋々、三十数えると。

真帆の姿は、どこにもなかった。

まさかな、と思う。

外の溝か？ と思ったがいない。公衆トイレも、もちろんいなければ、本当にどこにも見当たらない。

まさか帰ったのか、と思うが、真帆はかくれんぼに対しては、フェアかそうでないかを重んじていた。剣道・柔道・空手道と並ぶ、かくれんぼ「道」だから、と真帆は言う。例えば知り合いの車が近くに止まっていて、頼んで鍵を開けてもらって中に隠れるとか、そういうズルをするのは嫌がった。正々堂々と隠れることこそ、かくれんぼの道。

真帆は、いったいどこに。

「降参！」と祐が叫ぶと、笑い声が聞こえる。

この笑い声、どこから、と思ったら、何もないはずの植え込みの空間から聞こえてくる。

そんなはずは、と思ったら「バア！」と真帆が飛び出してきた。

なんと、真帆はお小遣いを貯めて、米陸軍使用の迷彩パターン柄の布を買い、それをかぶって植え込みに隠れていたらしい。

「この迷彩布、裏返すとパターンが違ってて、砂地でも隠れられるんだよー」などと自慢げだ。

「そこまでするのかよ」と祐は呆《あき》れる。

「かくれんぼ道に終わりはない」などと言って、真帆は笑った。

高校は別々の学校に進学したので、さすがにもうかくれんぼはないだろう、と思ったら、「かくれんぼしよう」と真帆は家まで誘いに来た。

もう祐も祐で声変わりをして、ずいぶん背が高くなり、バスケ部で活躍したりして、それなりにモテる方ではあった。真帆の方も、丸っこかった顔が全体的にスッと縦に伸び、「お前、真帆ちゃんと仲良かっただろ、今、彼氏いるのかどうか訊いてくれよ」と数名に頼まれるくらいには成長している。それなのに、いまだにかくれんぼなのか、と呆れる。

場所も公園を指定してきた。誰かにこんなとこ見られたら恥ずかしいな、と思いつつ、「いーち、にーい、さーん」と三十まで数えてみる。もう高校生なので、どこに隠れようが、だいたいの予想も付く。以前は迷彩柄の布で隠れおおせたが、もうその手は知っているので、植木の中の、不自然なところを中心に見ていけば、きっとわかるはず。

……どこだ？

子供ならともかく、三十秒で隠れられるところは、この公園にもそう多くない。木の上にしても、もう高校生で身長も伸びて、登ったところでうまく隠れられないだろう。

本当に、どこを探しても、一周くまなく回ってみても、どうやっても見つけられない。

「降参！」とまた祐が叫ぶと、笑い声がする。

その声は、土の中からだった。

「バア！」と土くれが起き上がって、祐はビクッと身体を震わせた。見れば、真帆は枯れ草や雑草で、全身モフモフの緑と茶色の着ぐるみのようになっている。良く見れば、枯れ草の奥深く、目のところだけかろうじて穴が開けてある。

「これね、ギリースーツっていうんだよ。自分で作ったの」と言いながら地面に横になると、一瞬で公園と同化する。「身体の輪郭《りんかく》が消えるのがポイント」

身体の輪郭が消えるのがポイント、じゃねえよ！　と祐は思ったが、背中のジッパーを下ろして真帆がそのスーツを脱ぎ、上気した顔で得意げに笑っているのを見る。

「びっくりした？」

「……まあ、びっくりした。これどうしたの、どうやって運んだんだ」

「祐を誘いに行く前に、ここに隠した。これ作るの二か月もかかったんだよ」

なんと言えばいいか……祐は無言で、真帆の顔を眺める。

でもさっき、そのナントカスーツの中から、真帆が背中を割って出てきたとき、少しだけ、さなぎから出てきた蝶みたいだな、と思ったのだ。

高校生になっても、そんな感じのちょっと変わった女の子だからか（そりゃそうだ、普通の女の子はお小遣いで可愛い服を買うもので、特殊部隊の装備みたいなのは買わない）女友達は多くても、彼氏みたいなのは、いないようだった。

でもなんだか、そのことに、ほっとしている自分がいた。

「かくれんぼは、またわたしの勝ちだね」

「へいへい」

こんな感じの真帆には、やっぱり小さいときからよく知っていて、かくれんぼもし続けてきた俺くらいじゃないと、合わせられないかもな、などと祐は思う。

「真帆、ところでさ。花火大会、もう一緒に行く奴、決まってる？」

地元の花火大会は来月だった。つとめて、何気ない感じで訊いてみる。もし、女友達の誰それと行くんだー、と言われても、深刻な空気にならない程度の軽さで。

「ううん」

「行かない？　俺と」

「いいよ。行こー」

その返事を聞いたとき、飛び上がりたいほど嬉しかったが、顔には出さぬようにした。ふたりで花火大会に行くことを約束して、その日は別れた。

この花火大会は、地元の高校生からするとわりと大きめのイベントだった。この日ばかりは、男女とも、帰宅が夜遅くなっても、あまり叱られない。それに、「花火大会行こう」と誘うのは、ただ女友達、男友達として綺麗な花火を見たい、とか、夜店の焼きそばが楽しみだ、とかそういうのじゃなくて。

手を繋いで、屋台を見て回って、隣に座って、いい雰囲気になって……暗に、男女として付き合う、付き合わない、彼氏とか彼女とか、そういった甘い雰囲気になることを意味する。真帆はちょっと変わっていて、そういうことには疎そうだけど、〝花火大会に誘う〟〝他の奴は誘わない〟〝ふたりで〟なら、どんなに鈍い真帆でも、ちょっとは男として意識してくれるだろうか、とも思う。

その日から、祐は来月の花火大会がとても楽しみになった。もう間に合わないかもしれないが、腕立てなんかも毎日やり始めた。服もお小遣いで新調した。バスケ部の友人たちにも、「なあ祐、俺らで花火大会行かね?」と誘われたが、「あーごめんごめん、ちょっとさあ、先約があってねえ。まあ、幼なじみと……」と、にやつきながら言うと、誰誰? ちくしょう裏切り者! などとみんなにやっかまれた。

当日、買ったばかりの服を着て、真帆の家に迎えに行く。玄関に出てきた真帆を見て、ちょっと黙った。真帆は朝顔の浴衣を着て、髪も後ろでまとめて髪飾りをつけ、薄くリップも塗っていて、普段の、あの謎の着ぐるみ姿などとは、まったく違った姿になっていた。

「変かな？」

「いや……変じゃない、じゃ、行こっか」

と先に立って歩き出す。「今日の真帆は、すごく可愛い」と正直に言えたら良かったのだが、普段、会えば木に登ったり、這って枯れ葉に隠れたり、ハードなかくれんぼを繰り返してきたせいで、今さら「綺麗だよ」とか「死ぬほど可愛い」とかが、どうしても出てこない。

夜店で光るサイダーをふたり分買い、会場の隅、シートに座って、隣で花火を眺める。

「ねえ、祐」

こちらを見つめる真帆の目に、光るサイダーの点滅する紫とか青とかが、ちらちら映って本当に綺麗だった。

もっと慣れていたら、そっと抱き寄せて、髪を撫でて……って、頭の中で一万回くらいシミュレーションした流れに持ち込むのだが、かろうじて「なに」と言えたのみだった。

するとやっぱりと恥ずかしそうに真帆は笑って。

「――かくれんぼ、しない？」と言ったのだ。

いや、待て。

今の今で、かくれんぼなのか。

浴衣で花火で、こんな雰囲気なのにかくれんぼなのか。

「あのさあ、真帆さあ……」

「一回だけ！　ねえ一回だけだから。じゃあ、祐が見つけたら、夜店でわたしが祐の好きな物を買ってあげる。見つけられなかったら、わたしの勝ちだから、わたしの好きな物を買ってよ」

祐は渋々ながら、ふたりで会場を抜け、林みたいに木が立ち並んだ広場へと向かう。

どーん、どーんと花火の音が響き、ひときわ大きな花火が上がったのか、おお……と歓声が聞こえる中、その広場は、背の高い木が邪魔をして花火が全然見えないため、人の姿はほとんどなかった。俺、何やってんだろう……と思いつつ三十数えた。

やはり真帆は見つからない。わざわざこんなときにかくれんぼと言い出すくらいだ、きっと米軍とか、ロシア軍の夜間作戦用の装備で隠れているに違いない。茂みに入って、カップルにキャッと言われたり、藪を棒でついたりしても、真帆は見つからなかった。

ちくしょう、二、三日前から、ここに塹壕《ざんごう》でも掘ってたんじゃないだろうな、と地面を調べても、どこにも真帆はいない。

「降参!」と言うと、真帆は「バア」と言って、最初数えていた木のすぐそばから出てきた。真帆のことだから、今晩は絶対に見つからないような凝った仕掛けで隠れているに違いない、と思い込んでいたが、実のところは単純だった。最初に探せばいいだけの、すぐそばにいたのだ。

「今日は見つけられるかと思ったんだけどなー」勝った真帆は得意気に笑っている。

負けは負けなので、夜店で好きな物を買ってやる。真帆は指輪を欲しがり、屋台のありふれたものの中から、小指にはめるピンキーリングなるものを見つけて、これにすると言った。

約束だし、仕方がないので買ってやる。真帆は大喜びでそれを小指にはめた。

やはりムードというものはあるもので、せっかくそれなりにいい雰囲気になっていたものを、「いーち、にー、さーん」とやっているうちに、すっかりそのいい雰囲気とやらは、花火とともに夜空にはじけ飛んでしまった。これをまた立て直して、いい雰囲気に持っていくのは至難の業だ。今晩こそ繋ごうと思っていた手は、やり場をなくして、何となく宙をぶらぶらし、祐の気持ちも同時に行き場をなくしてしまってい
た。
真帆、お前ってやつは、まったく……。
言おう言おうと思っていた大事な言葉も言えぬまま、真帆を家まで送って、その晩
は帰った。
後になって思うことだが、このとき、もしも。
真帆をあの夜、見つけ出せていたら、その後のふたりの人生は変わっていたのかも
しれない。かくれんぼで見つけられる、見つけられない、そんなことくらいで、人生
の流れは大きく変わらないのかもしれないが、何となくそんな気がするのだ。
その後、祐は大学に進学し、大阪で下宿生活に入った。サークルの飲み会で隣の席
になったことがきっかけで、初の彼女もできたりして、それなりに楽しい生活を送っ
ていた。
そうは言っても、帰省して自室に戻ると、思い出すのは真帆のことばかりだった。
真帆は、専門学校に通っていると人づてに聞いた。
一緒にやったかくれんぼ。

あんな女の子は、どこにもいなかった。

何となく付き合い始めた彼女とも、一年ほど経ち、季節が変わるみたいなさりげなさで終わって、ふと、今、真帆はどうしているのか気になった。

真帆の家にも行ってみたが、もう引っ越してしまったのか、更地になっており、分譲中という立て札が立っていた。

昔の同級生と繋がっているSNSにも、真帆はいなかった。真帆はSNSはやらない主義らしい。友人のつてを辿っていくと、ようやく、小学校の同級生で、真帆ともわりと仲の良い友達だった、畑野加奈子《はたのかなこ》と連絡が取れた。電話してもいいかとSNSで送ると、いいよと言うので、電話する。

「いやー巴山くん久しぶりー、元気だった」

「うんまあ元気元気。中学ぶりだな」などと、ひとしきり挨拶、お互いの近況報告をする。

加奈子は就職して、ブライダル関係のヘア&メイクアップアーティスト見習いをやっているそうだ。毎日幸せそうなお嫁さんを見てたら、こっちまで幸せな気持ちになると楽しそうだ。「優待価格もあるから、結婚式はぜひうちの式場でね」と宣伝もされてしまった。祐はまだ早い、と笑う。

「で、真帆ちゃんのことね」

「そうそう」

どうやら数か月前、加奈子が町で偶然真帆に会って、何か仕事関係で頼み事をしたらしく、そのときの電話番号なら知っているという。真帆は元から、深く付き合う友人はそう多い方ではなかったが、引っ越して、連絡が途切れてしまった友人がほとんどだった。けっこうな人数に当たった中で唯一、今の真帆の連絡先を知っているのが、この加奈子なのだった。

「あのさ、男の人って一般的に、そういう感じで、過去の女の子に会いたくなるときって、とりあえず今の彼女と別れて、何となく身も心も寂しくなって、弱ってるときでしょ」

加奈子は社会に出ていろいろ揉まれているのか、その通りで、ぐうの音も出ない。

「何となく寂しくなってるときに、そうだそうだアイツがいたナア、って感じで思い出すのが、昔の良い感じだった同級生だったりするわけよね」

ああ……とか、うう……とか曖昧に相づちをうつ。

「でもねえ巴山くん、女はそんなに都合良くできてないんだー」

すみません、と、なぜかわけもなく謝りたくなってくる。ここで逆らえば、連絡手段が途絶えそうなので、黙っておく。

「ま、巴山くんの連絡先を、真帆ちゃんに教えるわ。それで、巴山くんが帰省してる間に、真帆ちゃんから電話がかかってこなかったらこなかったで、諦めるんだよ。わたしから勝手に、真帆ちゃんの連絡先を教えるわけにもいかないからね」

そんな連絡が来るのか来ないのか、宙ぶらりんの、生殺しみたいな感じで待つのは嫌だったが、変なところで、この加奈子がまっとうなのだから仕方がない。

祐が、持ち始めたばかりの携帯電話の番号と、メールのアドレスを告げると、「幸運を祈る」なんて言って電話が切れた。

でも、真帆から、きっと電話はかかってくる。祐にはそんな予感があった。

それからの毎日、そわそわしながら待った。今ごろどうしているのか、ちょっとでも会いたいと思ってくれているのか、昔はかくれんぼ、かくれんぼでどうにもできなかったが、今なら、もうちょっとうまくできる。言えなかった言葉だって言える。

あの夜の正解は、真帆を見つけ出して、もうどこにも隠れられないように、ぎゅっと抱きしめて、腕の中に捕まえておくことだったのだ。

今ごろ正解がわかっても、遅いのかもしれないが……。

数日待っても、連絡は来なかった。

五日目の夜、帰省の最終日。明日には、もう大阪の下宿先に戻らなければならない。

昔の雑誌を読み返したりしながら過ごしていると、電話が鳴った。すぐに取る。

「祐！　久しぶり」

懐かしい声。紛れもなくこの声は、真帆の声だ。

お互いの近況報告をして、真帆が調理師の専門学校を辞めたことを知った。

「え。なんで辞めたの。もったいない」

真帆がえへへと照れ笑いした後に、少しの間があった。なんだよ、と言おうとしたら、電話の向こうの真帆が弾むような声で言った。

「それがね。わたし、名字、変わったんだー」

「えっ」

おめでとう、が出てこない。

突然、部屋の床に暗い穴が開いて、底のない暗闇へ落ちていくような気分になったが、真帆の方は、何ら気にした様子もなく、結婚式の話や新居の話などを楽しそうにしている。

真帆のことを一番知っているのは自分で、真帆と一番「かくれんぼ」をして遊んだのも自分で、真帆に「会いたい」と言えば、真帆はすぐにやってきて「祐、かくれんぼしよう」と、昔の通りに言い出すものとばかり思っていた。

おい真帆、そんなかくれんぼもしてない男と結婚したのかよ。

俺の方が絶対かくれんぼしただろ毎日。

豪華なマンションに、タヒチの新婚旅行。五つ年上の優しい旦那さん。真帆が幸せな新婚生活を話す声を遮って、何か言いたくなったが、あまりにも自分が惨めになりそうで、祐は黙った。

「あ、わたしのウェディングドレスの写真、メールの方に送っておいたから、見てね」

「……良かったなあ、おめでとう」せめて真帆の幸せを願う声が出せていますように。

「えへへ、ありがとう」

少し沈黙があった。

「ねえ、祐」

昔みたいに呼ばれる。この声も、この口調も、何ら変わっていないのに、真帆はもう、人の奥さんになってしまったんだなあ……。

そんなことを考えて、心がひりひりするが、そんな感情を表に出したところで、どうなるものでもない。真帆を困らせてしまうだけだ。

あの夜、かくれんぼに負けた自分が悪い。すぐそばを探さなかった自分が悪い。あんなに近くにいたのに。

「どうした、真帆」

「…………何でもない。ありがとう、連絡くれて」

「いや、俺も、そういえば、真帆はどうしてるのかなって気になってさ、それで何となく連絡してみたんだ。でも、良かったよ近況聞けて。それじゃ、真帆。お幸せに」

電話を切った。

切るなり、祐は、魂が全部身体の外に出るようなため息をついて、床に伸びた。

あれから時は過ぎ――

今や祐は四十二歳。昔の青かった恋愛を思い出しながら、こうやって公園でひとり、毎日ビールを飲んでいる。居酒屋やスナックみたいなところに行くほどの気力はなく、はまれる趣味もなく、毎日の公園での一本のビールをひたすら楽しみに、一日を消化していく。

こんな生活がいつまで続くのだろうか……と思いつつ、また、ブチ猫のビールをひとくち飲む。

高校のときはバスケ部でそれなりにモテていて、すらっとして目立った容姿も、毎日のビールや唐揚げやらの不摂生のためか腹も出て、健診ではいつもひっかかる。

自宅には帰りたくなかった。

祐が新卒で入った会社の事務員が、今の妻、瞳《ひとみ》だった。控えめで大人しく、いつも静かに微笑んでいるようなところに惹《ひ》かれて、交際を始めた。付き合うまでまったくわからなかったのだが、相手の実家は、大阪でいくつも事業を展開しており、お金が新たなお金を連れてくるという、常人にはわけのわからないサイクルにはまっている資産家だった。祐の実家などよりも、段違いに裕福な家だ。

妻はその恩恵を存分に受けて、小さい頃からバイオリン、華道や茶道をたしなみ、ゆくゆくは同じようなレベルの家に嫁がせようと、妻の両親は考えていたらしい。ところが、その当時、妻は祐にめろめろに惚れ込んでいたので、どうしても祐と一緒になりたいと親にごねた。

最初の挨拶の席で、もう嫌な予感はしていた。

「でもなあ、巴山くん。正直言うて、君の稼ぎやったら、うちの瞳は満足できへんのちゃうかな。結婚で娘の生活レベルが下がるんは、うちらとしても、本意やないねん」と瞳の父親が言い放った。母親も「この子はお金の苦労を一度もさせないまま育てしまったからねえ……」と父親を援護する。

「でも、あの、ふたりで力を合わせていけば、きっと乗り越えられるのではと思います。私の今の稼ぎでは少ないかもしれませんが、今後の昇進で、まだ年収は上がると思いますし」

「けどな、言うても巴山くんは勤め人やろ、サラリーマンや。うちらみたいに、大バクチ打って、でっかいリターンは一生無理ちゅうことや。なんや、そんならもう、娘の人生、これで小さく決まってしまう感じやんか。うちらはただ、娘の生活を心配しとるんですわ」と父親が言い、母親も隣で相づちをうつ。

もうその時点で祐は帰りたくなっていた。瞳が、結婚結婚と急《せ》かすから渋々来たのであって、その席で稼ぎが少ないだの、小さく決まるだの言われる覚えはない。一般的に見ても平均的な年収だ。努力して入社した頑張りや、自分なりに毎日一生懸命働いていることまで、けなされたくはなかった。

「ちょっと、お父さんもお母さんもやめて」と言って、瞳は机にどん、と手をつき「祐くんと一緒になれないなら、瞳、ここで死んでやるから」と、窓枠に足をかけて身を投げようとするから大変、挨拶の席は大騒ぎになり、向こうの両親も、「瞳！わかった！ わかったから」と娘を羽交い締めし、結局はなし崩しに認めてくれることなった。

祐は、この先の事を考えると、結婚が嬉しいという気持ちにはとてもなれなかった。いつも瞳は大人しい様子なので、まったくわからなかったのだが、瞳はこうやって「死んでやる」と親を脅したら、何でも言うことを聞いてもらえるのだと、成長のどこかで学んでしまったらしい。

「じゃあやれよ」と言えば、絶対飛び降りたりしない女なのだが、娘を溺愛している両親のうろたえぶりはすごかった。

両家顔合わせの席でも「まあ、アンタさんとこにしてみれば、〝逆玉〟言うことですわな」とガハハと笑い、祐の両親を凍りつかせた。

実家の両親にはその後何度も、「祐、本当にあの子と結婚するのか。今ならやめられるから。無理はしなくていいんだぞ」「もう一度考え直したらどう」と言われたが、これまで一緒にいた瞳を裏切るようなことはできなかったし、親や出自を理由に別れるのも、彼女に対して申し訳ないと思った。それにもう新居の着工も始まっており、今さら結婚をやめるとは言えない状況となっていた。

二世帯住居で妻の両親と同居すること。それが瞳の両親が出した結婚の条件だった。二世帯とはいえ、完全にプライバシーは保たれているらしい。子供が生まれたら、すぐに手伝いにも来られるし、娘の生活レベルも保たれるし、お互い助け合えて良いことずくめなのだという。会社から家までは一時間と遠くはなるが、まあ通勤圏内だ。

祐の理想の人生設計では、力を合わせてふたりでお金を貯め、最初は会社の近くに賃貸マンション、しばらくしてからマイホームを購入、と考えていた。それが、いきなり四十畳のリビングに、シアタールームにプール、通いの家政婦、風呂から見えるのは庭の滝という豪邸をぽんと上から与えられて、複雑な気分になった。もちろんその家に関して、祐が口を出したところはどこにもなく、内装設備も何もかも、義理の両親と妻の三人でぱっぱと決めてしまった。

それでもまだ妻が、祐に惚れ込んでいるうちは良かった。数年経つと、家に帰ったらリビングの真ん中で、妻と義理の母親がごろんと寝転んだままドラマを見ていて、「ただいま」と言っても、ふたりとも、ああ、と曖昧な声だけ出して、ドラマに見入ったままでいるようになった。

家事は基本的に、妻も義理の母親もまったくしない。料理も、すべてお手伝いの手によるものなのだが、祐の分は、毎回、最初に取り分けられることすらされておらず、食べ残しなのがまるわかりの皿のまま出される。

「こんな遅うまでご苦労さんやな、大変やな」などと、父親が珍しく労ってくれたのかと思いきや、「この家の柱一本分くらいは稼げるように、まあ、頑張りや」などとからかわれる。

自分は妻と結婚したと思っていたのだが、どうやらそれは違っていたようだ。妻の家族に異物がひとり交じった、万事がそんな感じなのだった。

本来休めるはずの自宅は、祐の帰りが遅いからか、いつも義理の両親が我がもの顔で、娘夫婦のスペースを占領している。我がもの顔、というのは、少し違うかもしれない。義理の両親にしてみれば、可愛い娘と自分たちの家（と、よそ者）という感じなので、言ってみれば我が家だし、我がもの顔になるのも当然なのだった。

付け合わせの野菜ばかり残った、残飯めいた皿を見ていると、心の奥がゆっくりと錆《さ》びていくような気持ちになる。

あるとき妻に、「なあ。同居を解消して、会社の近くで暮らさないか」と切り出してみたが、「はぁ？　何言ってるの」と猛反対された。妻にしてみれば、こんなに楽な毎日の暮らしを捨てて、不便で狭いマンションなんかに行けるか、ということらしい。それに、会社の近くは祐の両親と生活圏も重なりそうなので、それも嫌なのだそうだ。

祐の会社は、実家に割りに近いところにある。毎日、仕事が終わると、もう今日は実家の方へ帰ろうか、それでもう、妻と義理の両親たちのいる家には金輪際、帰らずにいようかと考える。しかし、親の反対を押して結婚しただけに、今さら実家に帰って、老いた両親に無駄な心配をかけたくなかった。父親は身体を悪くしているから、よけいに。

たまに来る母からのメッセージにも、〈大丈夫だよ、まあまあ仲良くやっているから〉と返してある。

まさか両親も、実家にほど近いこの公園で、息子がひとり、毎日ビールと唐揚げの夕食をつまんで時間を潰してから、電車に乗って、とぼとぼと自宅へ帰っているとは思いもしないだろう。十一時頃に帰れば、もう妻も義理の両親も寝静まっているので、誰の顔も見なくて済む。

朝起きても妻は遅くまで寝ているので、一週間のうち、ほとんど顔を見ないこともある。土日は図書館で暇を潰す。いろんな図書館をはしごして、すっかり常連となった。

そんな毎日なので、祐自身も何のために働いているかわからず、仕事へのモチベーションもがた落ちとなり、後から入った部下の方がどんどん昇進していく。

今や、この世に祐の居場所は、この夜の公園のベンチ以外、どこにもなかった。

一度、この日常に耐えきれなくなって、妻に離婚を切り出したことがあった。簡単に承諾するかと思えば、妻は「離婚するくらいなら死んでやる」と祐を脅した。妻の欲しかったものは、「結婚生活」という型だったのだろう。好みの見た目の旦那、住みやすい豪邸、優しい両親が揃った幸せな生活。

そのときは義理の父親が謝り、「ごめんな、娘がな……」と頭を下げて、「離婚は体面が悪いねん。まあこれほんの気持ちやから」と、帯封がついたままの札束を何束か、押しつけるようにして渡してきた。

そのお金で、祐は今まで自分の欲しかったものを全部買ってみた。憧れの腕時計、憧れのスーツ、買いたかったゲーム、欲しかった高級靴に鞄。何を買ってみても、もはや気持ちは晴れなかった。むしろ、何かを欲しいというような、物に対する欲すら無くなってしまった。どれだけ自分が懸命に働いたところで、義理の両親が右から左へお金を動かしたときに生み出される金額の方が、もっと大きかったりする。

義理の父親は言う。「まだお金要るなら、いつでも言うて。なんとでもなるから」でも欲しいものは、そういうものじゃない。金では手に入れられないものだ。

何もかもが空しい。

ここで会社を辞めて、妻も家もすべて捨てて失踪したところで、四十代の冴えないサラリーマンが、できる仕事なんて限られている。祐は、どこかで読んだ犬の実験を思い出していた。犬にランダムに強い電撃を当て続け、どうやっても電撃は避けられない、すべてが無駄だと悟ったとき、犬は、もう逃げることをやめてしまうのだという。そうなれば、ただ、犬はうつろな目をして、痛みを受け流すだけの抜け殻となる。悪いのは誰なんだ。この状況に感謝できない自分が悪いのか。お金には困らないだけましなんだ、と祐は自分に言い聞かせる。この世には、もっと大変な暮らしの人もたくさんいるのだから。心さえ閉ざしてしまえばいいだけのことだ。

義理の両親は、高いサプリに最新医療を駆使して、ジムにカラオケに海外旅行、歳を取る度に元気になっていくようだった。まだ当分、こんな暮らしは続きそうだ。

雨の日は、駅の中の立ち食いソバを食べて腹を満たすが、そうでない日は、必ず公園にやってくる。コンビニで、ブチ猫のビールとつまみを買って、いつものベンチに来ればほっとする。数年間、ずっと通い詰めるうちに、顔見知りもできた。中学生くらいの少年だ。

祐が唐揚げを全部平らげ、ビールをゆっくり飲んでいるところへ、今日もその少年がやってきた。ぺこり、とかすかに頭を下げる。

少年の服装と髪色だけ見れば、やんちゃそうにも見えるのだが、感心なことに、その少年はいつも車椅子を押している。少年が、公園の入り口で、決まって「おばあちゃん、公園着いたよ」と優しく声をかけていることも知った。車椅子の上には、背中が丸くなったおばあさんが、しわしわの手をきちんと重ねて、ちんまりと座っている。その骨みたいな細い薬指には古びた結婚指輪がある。どこか身体を悪くしているのか、夏でも冬でも帽子を深くかぶり、いつもマスク姿だ。

どうやら、夜の散歩――というよりは、夜のこの空気を吸いに来ている、そんな感じがした。祖母と孫というこの組み合わせで、いつも公園にやってくると、少年は、おばあさんの車椅子をベンチ脇に止めて、スケボーの練習を始める。

おばあさんはじっと座って、孫のスケボーの練習を眺めているようだった。祐の座っているベンチと車椅子はそう離れていないのだが、お互い特に話もせずに、並んでぼんやりとスケボーの様子を眺めている。

この空気感は悪くなかった。何もしゃべらないけど、いつもの公園仲間みたいでいい。冬の星座の三角形みたいだな、と祐は思う。

もしも、「なんで毎日公園にいるんですか」「家で食べないんですか」なんて訊かれたら、きっと答えるのは面倒になってしまっていただろう。沈黙はありがたかった。

ガラララ、というスケボーの車輪の音が夜空に響く。まだそんなに上手ではないようで、ところどころ危なっかしい。

祐は、昔を思い出していた。同じようにスケボー、よく練習したなあ、と思う。ジャンプして、板《デッキ》だけくるっと回して着地したり、前を上げ、ウイリーするようにして進んだり。スケボーの板と一緒に高くジャンプする技、決まったらかっこいいんだよな、と懐しんでいたら、「わっ」と声がして、派手に転んだような音がした。見ると、いたたたたた……と脇腹を押さえてうずくまっているので、心配になり、祐はその少年に、初めて声をかけてみることにした。

「大丈夫?」

「大丈夫っす。さっき、変なとこ打っちゃったみたいで……いててて」

少年は自分のTシャツをぺろんとめくる。

どうやら、打ち身だけで、そんなにひどい怪我でもないらしく、安心した。

「懐かしいよ。昔、スケボー流行ってて、おじさんもよく練習してたんだ」

「へえ、どんな技やりました」と、急にその少年が身を乗り出すように訊いてくるので、ひとしきりスケボー談議をする。

「やります? 久々に。どうぞ」と貸してくれたので、祐は革靴のままスーツの上着だけ脱いで、板の上に立った。思えば、よくこんな板の上で遊び回っていたものよ、と思うくらい安定しない。それでも昔やり尽くしたこともあって、何となく覚えている技もあった。「おお、すげえ、うまいっすねえー」という少年の声に気を良くして、昔取った杵柄を見せてやる、と、地面を蹴り出し、勢いを付けて大きくジャンプしようとして。

バランスを崩した。

あっ！ と思ったら、したたか側頭部を地面にぶつけた。

遠くから声がする……ような気がする。

靄《もや》の中から聴こえるような声。

その声が、どんどん鮮明になっていって。

――祐！ 祐！ 大丈夫、しっかりして、祐！ 目を開けて――

「……真帆」

つぶやきつつ、目が覚めた。ふたつの輪郭が、だんだんはっきりしてきて、孫とおばあさんに、上からのぞき込まれているのがわかった。

そうだ、中学生の頃もこんなことがあった。やっぱり頭を強く打って、地面に伸びたことがあったのだ。血相を変えて駆け寄ってきた真帆が、濡れタオルで頭を冷やしてくれたっけ。大きな怪我をしていないとわかると、「祐は馬鹿だなあ、本当に無茶して」と、タオルで冷やしながら呆れていた。あのとき、真帆は必死に名を呼んでくれた。

どうしていきなり、昔のことをこんなに鮮明に思い出したんだろう。

「大丈夫ですか。おじさん死んだかと思って、オレ、超焦りました。めまいとかします？　大丈夫です？」

言いながら、コンビニで買ってきてくれたらしき、氷の袋を当ててくれた。おばあさんも心配そうに、こちらをのぞき込んでいる。

頭に氷を当てるとズキズキするが、痛みが引いていく気がする。

「ありがとう。冷たくて気持ちいい。これ、外のコンビニで？」

「オレも派手に打ったことあるから、慣れてるっちゃあ慣れてるんです。そんなひどくはないと思うんですが、夜、また痛くなったら、我慢しないで病院行った方がいいっすよ」

ゆっくりと起き上がる。めまいもふらつきもなく、もう平気なようだったが、四十にもなって、頭に大きなたんこぶを作るとは思わなかった。

少年が手を貸して、おばあさんを車椅子の位置まで、ゆっくりと誘導している。おばあさんの腰はひどくねじ曲がっていた。歩くと痛むのか、すり足のようにして少しずつ進んでいる。そんなおばあさんでも、慌てて車椅子を降りて見に来るくらい、自分はひどい転び方をしてしまったようだった。心配をかけてしまった。

ベンチに座って、頭に氷を当てながら、「まあ、久しぶりだったから、アレだったけど、おじさんも昔は、もっとうまかったんだからな」と言い訳する。たんこぶを作りながらなので、説得力は皆無だ。少年は「へえ」と、ニヤニヤ聞いている。

「本当だぞ、女子にも人気があったし」

「じゃあ、中学の頃、彼女とかいたんすか」

あたりまえだ、と頷く。

「そういや、昔って、スマホ無かったらしいですよね。スマホ無しとかだったら、昔って、彼女と何やって遊んでたんですか」と、素朴な疑問をぶつけられる。

「それはなあ……」しばらく迷った後、「かくれんぼだよ」と祐が言うと、少年は「かくれんぼ……渋い……渋すぎ昭和時代……」とか言いつつ、げらげら笑っている。「おい江戸時代みたいに言うなよ」と祐も笑った。

「じゃ、そのかくれんぼの人が、今の奥さんとかです？」と訊かれて、ちょっと黙る。

「ま、いろいろあるんだよ……大人にはな……」と、祐は、ため息をついた。「ちゃんと気持ちを伝えようと思ってたんだけど、言う前に、あっちが先に結婚しちゃったんだよな……。俺も、その後、他の人と結婚したし。結局、ちゃんと一度も言えずだったな。〝好きだ〟って」と言うと、少年は「あぁー」と残念そうな声を出した。

そうだ。世界で一番、真帆のことが、大好きだった。誰よりも。

あのときは、まるでわかっていなかったけれど。

渋々やっていた毎回のかくれんぼが、後になってみれば、こんなに大切な思い出になるなんて。

「でもですよ、そんなの、SNSとかで探して、今から会おうぜって、軽いノリで連絡しちゃえばいいんじゃないですかね。お互い結婚してても、そういうの、今どきはアリじゃないですか。ま、男女の友情的な？」

「少年よ」

「ハイ」

「よく聞け、今でも心の中で、すごく大切に思っているからこそ、それはやっちゃいけないことだと思ってる。今、彼女が幸せだったら、俺はそれでいい」

「切ねえー」

「生意気言って」と笑った。

氷の代金を、お礼も含めて多めに払ってやると、おばあさんと少年は帰っていった。おばあさんはもう眠いのか、うつむいて目を閉じている。

久しぶりに、昔のことを思い出してしまった。

スケボーで遊んでいた頃は、こんな未来が来るなんて思いもしなかった。今、無性に真帆に会いたかった。もう一度かくれんぼをしたかった。もう歳を取りすぎてしまったので、それもできないけれど。

祐は、ベンチのゴミを袋にまとめると、駅に向かって歩き出す。

女友達の加奈子とは、SNSを介してまだ繋がっていた。かつて大学の夏休みに、真帆に連絡したくて、加奈子に真帆の連絡先を聞いたことがきっかけだった。頻繁にやりとりしたり、会ったりはしないのだが、一年に数回、お互いの近況を話し合ったりする。

その加奈子から、ちょっと電話で話したいことがあるから、いつだったらいいか、とメッセージが来た。

〈なんだよ、どうした？　加奈子、まさか離婚するとか？〉と茶化したら、〈ごめん、そういうんじゃなくて……とにかく電話で〉と答えを濁す。

仕事のだいたいの終わり時間を書き込んだ。〈わかった。じゃ後で〉

コンビニでいつものようにブチ猫のビールを買い、公園に向かう途中で、その電話はかかってきた。

「あのね、巴山くん。真帆ちゃん亡くなったの、知ってた？」

「えっ」

しばらく道で立ち止まったままでいたのか、「……しもし……もしもし……巴山くん、大丈夫？」と加奈子の焦った声がする。喉がからからだった。

横をバイクが通り過ぎていく。今、自分がどこに立っているのかもわからない。

「まさか。嘘だろ？　どうして……」

「最近、年賀状も途絶えてたんだけど、昔の年賀状から、住所を調べてくれたみたいで、お母さんからお知らせが来て。やっぱり、巴山くんも知らなかったんだ……」と、加奈子はつぶやいた。

真帆。

何があった。

「ご主人も、もしかしたら子供もいたかもしれないのに、事故なのか？　こんなに若くして亡くなるなんて……」

「誰が?」

「誰がって、真帆が」

一瞬、電話の向こうが、しんと静まった。

「真帆ちゃん、亡くなるまでずっと独身だったはずだよ。喪主もお母さんの名前だったから」

「まさか。俺、真帆本人から結婚したって聞いたぞ。ほら、お前が俺の連絡先を真帆に伝えてくれたときだ。ウェディングドレス姿の写真も見たし、新婚旅行の話も新居の話も、真帆本人から」

しばらく電話の先でじっと何かを考えているようで、加奈子は黙り込む。

街路樹が風に吹かれて、ざわざわと音をたてた。

「待って。あの電話のときって、巴山くん大学生だったよね」

「俺が二年生……だから、十九歳のとき。夏休みの帰省だったからお盆の頃」

「じゃあ時期的にも合う。たぶんそのウェディングドレス、わたしが着せたやつかも。わたし、当時はヘアメイク見習いだったから、式場で花嫁衣装の練習台っていうか、モニターやってくれるひとを探してて、それで真帆ちゃんに、式場のモニターやって欲しいって頼んだの。ドレスを着せたのわたし。巴山くんが見た真帆ちゃんの写真が、髪のところに黄色がかった薔薇《ばら》、胸のところに薔薇の飾りがたくさんついていて、トレーンを後ろに長く引くタイプのドレスだったら、そうだよ。そのトレーンには葉っぱの透かし模様がついていて、写真の背景は教会の階段。わたし、真帆ちゃんが本当に綺麗だったから、すごく覚えてる」

なんだこれ。

どういうことだ。

「でも、名字が変わったって言ってたぞ、本人が」

「ウェディングドレスのモニターのときには、〝両親が離婚するから、お母さんの方についていくんだ〟って言ってたから、母方の名字に変わったんじゃないかな。それなら引っ越ししたのも、つじつまが合う。わたし、真帆ちゃんのお母さんとも面識あるから、はがきの住所に明日ちょっと行ってみる。何かわかったら、巴山くんにも教えるから」

「そうか」言いながら、頭の中はまとまらなかった。「じゃ明日」

何かの間違いであってくれ、と祐は思う。

こんなの、まだはっきり聞いたわけじゃなくて、全部伝聞じゃないか。

誰かのいたずらの可能性だってあるじゃないか。

質《たち》の悪いいたずらだなあって怒って、その後みんなで笑って、それで——

いつもの公園のベンチに辿り着くと、祐はブチ猫のビール缶を眺めた。真帆そっくりの丸い目と「バア」と出てくるときの、得意げな表情。

真帆が死んだなんて、嘘だ。

真帆は結婚していて、幸せに暮らしていて、今も、子供たちとかくれんぼを……。

今日、あのスケボーの少年がいなくて良かった、と祐は思う。今の自分は、いったいどんな表情をしているのだろう。少年に何か訊かれても、何も説明したくなかった。ひとりでよかった。

そういえば、あの孫と車椅子のおばあさんの組み合わせを、しばらくこの公園で見かけなくなっていた。少年もそろそろ勉強をしなければいけなくなったのか、スケボーの音はけっこう響くので、とうとうどこからか苦情が出たのか……。

「巴山、祐さんでしょうか?」

突然、ベンチの後ろから名を呼ばれて、びくんと身体が跳ねた。慌てて振り返ると、知らない女がいた。どこから現れたのかわからず、一瞬実体のない何かのように見えて、しばらく注視したが、きちんと呼吸している。影もある。灰色の制服を着て帽子をかぶり、制服には向かい合った白い羽根のマーク。手には何かを大切そうに持っている。

「わたくし、天国宅配便の、七星律と申します」

宅配便？　なんだこれ？

「わたくしども天国宅配便は、ご依頼人の遺品を、しかるべき方のところへお渡しすることをしております」

遺品？　まさか――

「もしかして、真帆、の」

「そうです。寺内《てらうち》真帆さん、学生時代の姓は三木田真帆さんからのご依頼で、巴山さんに手紙をお渡しに参りました」

祐はうろたえる。

「真帆は本当に亡くなったのか。なあ、そんなの嘘だろ？　なんかこうやって、動画でイタズラして、それを拡散してみんなで笑うとか、ドッキリ作戦とかの遊びなんだろ、怒らないから教えてくれよ。嘘だって、なあ」

七星は、一瞬、地面に視線を落としてから、まっすぐにこちらを見た。

「寺内真帆さんがお亡くなりになると、契約書に記載された、天国宅配便まで必ず連絡が来ることになっているのです。大変痛ましいことですが、寺内真帆さんはお亡くなりになりました」

納得しそうになって、祐はすぐにその考えを振り払った。

「嘘だね。天国宅配便なんて、よくできた嘘だよ」

祐は、これが巧妙に仕組まれた嘘だという、確固たる証拠を見つけて、真帆が無事だったこともわかり、心底ほっとしていた。笑いがこみ上げてくる。

「嘘だよ。だってさ……俺と真帆は、高校以来会ってないんだ。自宅とか、会社へ配達っていうならまだわかるけど……ここ、ただの公園だよ？　ここに俺がいるのは、家族も会社の人も知らないし、誰にも調べようがない。その公園のベンチに、どうやって配達人がピンポイントで俺を探しに来られるんだよ、そんなの絶対に不可能だよね？　詰めが甘いね君も。でも一瞬、信じそうになっちゃったよ、危ない危ない。惜しかったね」

やっぱり真帆は、元気でいるのだ。こんなおふざけをやっているのは、真帆自身なのかもしれない。

まさか、この公園で今も隠れて、やりとりを見ているとか？　「バア」って出てこいよ、いつもみたいにさ。祐はあたりを探すように、ぐるりと見回した。

七星は、一通の手紙を出してきた。宛名には、〝巴山祐さま〟とある。

祐の顔から、笑みが引いていく。

「寺内真帆さんのご依頼では、巴山祐さんは平日の夜、必ずこの公園のベンチにいるから、ベンチにいる彼へ、この手紙を届けて欲しい、と。時間の指定もありました」

この筆跡は、紛れもなく——懐かしい、真帆の字だ。

「こちらの手紙をお届けします」

祐が無言で、その手紙を手に取る。七星はしばらく心配そうに佇《たたず》んでいたが、真帆からのこの手紙は、ひとりきりで読まなければならない気がした。その思いを察してか、それでは、と一礼して、七星は行ってしまう。

中には、紙が一枚だけ入っていた。四つ折りになっている、その便せんを開くと。

——かくれんぼは、またわたしの勝ちだね！ 祐、あんまりビールばっかり飲みすぎちゃだめだよ——

とあり。横に、缶ビールのイラストが描いてある。

その缶ビールには、ブチ猫のイラストが描いてあった。手元にあるビール缶を見る。

そのイラストそっくりの、ブチ猫。

——祐、いつか見つけに来てね——

「え、なんで。これ、どういうこと、なんで真帆が、なんで」

祐は、はっと気がついて、ベンチの荷物をまとめると、公園を飛び出し実家へと向かった。公園の外では、心配して見守っていたらしき配達人の人影がちらりと見えたが、それどころではなかった。走りすぎて足がもつれる。当時使っていたパソコンに、真帆の送ってきた画像を保存した覚えがある。実家のパソコンがあれば、何かわかるかもしれない。

実家に着くと「お父さんお母さん遅くにごめん、昔のパソコンが急に必要になって。俺の部屋にあったパソコン、まだあるよね」と言いながら、二階に駆け上がった。押し入れの奥から引っ張り出す。電源を繋いでみると、型は古いがまだ動く。内部をいろいろ検索して、ようやく見つけた。

真帆の、ドレス姿の写真。

——真帆ちゃんに、式場のモニターやって欲しいって頼んだの。ドレスを着せたのわたし——

――髪のところに黄色がかった薔薇、胸のところに薔薇の飾りがたくさんついていて、トレーンを後ろに長く引くタイプのドレスだったら、そうだよ。そのトレーンには葉っぱの透かし模様がついていて、写真の背景は教会の階段――

一字一句、そのものだった。背景は教会の階段だ。薔薇の飾りに、葉っぱの透かし模様。

新居と、新婚旅行だと言っていた写真も一緒に保存してあって、それらのデータをパソコンからスマホに移した。

血相変えて家にやってきた息子が、パソコンであれこれしているのを見て、母親が心配そうに「何かあったのかい」と声をかけてくる。

「ううん。昔の友達のことでちょっとね」心配をかけてはいけないので、何でもない表情を作った。

家に帰って、真帆が送ってきた画像と同じものがないか寝ずに検索した。新婚旅行で訪れたというタヒチの砂浜の写真。

似ている写真を画像検索で探していくと、〔トキオの南国探検日記〕という、古い旅行記の個人ブログに辿り着いた。ずいぶん懐かしい感じのつくりのサイトで、もうずっと前に更新は止まっているようだった。きっと、管理者にメールしたところで、見ている可能性は低いだろう。旅行記は南の島中心だったが、見所もまめに書いてある。もう年数がだいぶ経つので、開発も進み、観光案内としては用をなさないのだろうが、当時の空気がそのまま入っているタイムカプセルみたいだった。

その旅行記のページの隅には、写真集のリンクがあった。〔プレゼント！　ブログの読者さんに限って、ビーチの写真を進呈します。ダウンロードはこちら〕と虹色の矢印が点滅している。そこには、真帆の送ってきた写真とまったく同じ、ビーチの写真が並んでいた。注意書きには、〔商用利用は不可ですが、個人の利用の範囲内ならご自由にどうぞ。持って行った方は、掲示板に書き込んでくださいね〕とある。

その掲示板の最後の書き込みは、数年前で止まっていたが、ずっとスクロールさせて、大学二年当時の頃を重点的に探してみる。

MAHO：このタヒチの写真、素敵ですね。手紙を送りたい人がいるので、ちょっと拝借しますね。ありがとうございます。

とあり、日付もほぼ一致する。

真帆だ。

真帆はズルを嫌う。ネット上とはいえ、勝手にどこかから人様の写真を拝借して、送るようなことはしない。そんな生真面目なやり方で、真帆の足跡がネットの片隅にきっちりと残されていたことに、いっそうやるせない気持ちになる。

なぜ真帆は、他人の写真を使ってまで、嘘をついたのか。

「真帆、なんでだよ……何やってんだよ……」と祐は、画面のその〝MAHO〟という字に触れながら、目を閉じた。

次の日の仕事終わりに、公園のベンチで待機していると、また同じような時間に、加奈子から電話がかかってきた。すぐに取る。

「巴山くん……いろいろわかった。真帆ちゃんがなんで、友達と連絡をとっていなかったのかも、全部」

その加奈子の声は、しゃがれて疲れ果てている様子だった。

「真帆ちゃん、進行性の病気で、専門学校をやめてずっと闘病生活を送っていたんだって。治療の方針の違いで、ご両親は離婚することになって、自宅も売却して、そのお金を治療費にあてて……珍しい病気だから、薬も認可されていなくて、その薬もとても高価で、でも効果が出るかは三分の一で――」

「どんな病気」

「代謝とか、免疫とか……そういう系の、病気」と、なぜか加奈子は口を濁す。

「俺、実は昨日、真帆から手紙を受け取ってる。でも、その手紙の内容がおかしいんだ」と、天国宅配便というところから、真帆の手紙が届いたことを説明した。いつもの公園のベンチに突然現れた配達人、手紙に書かれたブチ猫のビールの絵。かつて、結婚報告で真帆からのメールに添付されていた写真が他人のもので、真帆自身が撮ったものではなかったことも。

加奈子はそれを聞くと、ため息をついた。しばらく黙る。

「その公園の手紙の謎はね、きっと真帆ちゃんが超能力で見たんだよ、そうだよ超能力で、巴山くんが公園にいるところが夢で見えたの。そういうことだから」と、一方的に話を切り上げようとする。加奈子の声が変だ。

「待てよ、お前おかしいぞ！　超能力なんて言われて納得できるかよ！　ちゃんと説明してくれよ！　頼むから！」ほとんど叫ぶような声になっていた。

「言いたくない」

「なんでだよ！　お前いいかげんにしろよ！　そんな超能力とか言って、馬鹿みたいな言い草、納得できると思うか！」

「馬鹿はあんたよ！」加奈子が怒鳴りながら泣いている。「今なら、どうして真帆ちゃんが友達との連絡も絶って、巴山くんに嘘をついたのかよくわかる。真帆ちゃんは、巴山くんのことがずっと大好きだったんだよ！　わたしも女として真帆ちゃんの気持ちがわかるから、病気のことは言いたくない。真帆ちゃんはただ、重い病気だったの。それで真帆ちゃんは亡くなった、わたしに言えることはそれだけ、おしまい」

「おしまい、って何だよ！　何も終わってねえし、こんなので終われるわけないだろ！　真帆は俺の――」

「女の子はね。見た目がちょっと太ったとか、ほんの少し肌が荒れただけでも、ものすごく落ち込んだり辛くなるの。好きな男の子の前ならもっと。真帆ちゃんがどれだけ辛かっただろうと思うと、わたしには何も言えないし言わない」

長い沈黙の向こうに、加奈子の押し殺した嗚咽《おえつ》が聞こえる。

「……真帆ちゃん、小さいときからかくれんぼ好きだったでしょ。あれ、かくれんぼは別に好きじゃなかったんだよ。巴山くんに見つけてもらうのが、好きだったんだよ」

それじゃ、と言って電話が切れた。

祐は走り出していた。手あたり次第、公園を次々に探していく。ずっと何か見落としているような気がする。大事な何かを。一つ目の公園、二つ目、三つ目と探しまわったが、誰もいない。それでも四つ目の公園を探した。

その公園の前まで来たとき、ガララララという音がするのに気がついて、祐は誘われるように公園の中に入った。数人でスケボーを練習している。

あの少年はいないか、と探した。

「あの、すみません。人を探していて。このくらいの背で、デッキは半分青緑で、半分赤で――」と説明していたら、「ああ、どうしたんですか」と声をかけられた。ちょうど練習を始めに来たらしい。あの少年だった。こちらを心配そうに見ている。

「なんか、大丈夫ですか、すごい汗ですけど」

「うん、うん大丈夫。あのさ、いつも車椅子を押して、公園来てたよね」

ああ、と少年が表情を明るくする。

「そうそう、おばあちゃんね。ちなみに、あれオレのおばあちゃんじゃないんですよ。バイトしてて。公園一回につき三百円くれるんで、けっこう毎日助かってたんですけどね。何か入院するらしくって。今、どうしてるのかな、元気だったらいいけど」

「バイトって？」

「いつも、夜になったら電話かかってきて、今から公園に行けるかって。オレの家は、あの公園の団地の三階で、おばあちゃんの家はすぐ隣の部屋なんです」

いつもの公園のすぐ隣、公園を見下ろすように立つ団地を思い出す。

「その人の名前、わかるかな」

少年は考え込む。

「なんだったっけなあ。いつもおばあちゃんのこと、お隣のおばあちゃんって呼んでたから、今、ど忘れしちゃって」

それでも祐の真剣な表情を見たのか、えーと何だったっけ、と言いながら、考え込む。

「なんか、名前、おばあちゃんらしくないなって思ったんです。なんだっけな……」

加奈子の声が、不意に耳の奥に蘇る。

──女の子はね。見た目がちょっと太ったとか、ほんの少し肌が荒れただけでも、ものすごく落ち込んだり辛くなるの──

──わたしには何も言えないし言わない──

──見た目が──

しばらく目を閉じて考えていたが、少年は、ぱっと表情を明るくした。

「あ、そうだ。思い出しました。〝寺内〟さんだ。〝寺内真帆〟さんです」

祐は、上の空で礼を言うと、公園を出て、ふらふらと例の公園まで歩いた。

いつも通りの、何もないガランとした公園だった。スポットライトみたいにベンチに光が当たっていて、すぐそばの、団地の窓の明かりが色とりどりに灯っている。こちらから見えるということは、三階の窓からも、こちらがよく見えていたということだ。ベンチに座って、ひとり、毎日ビールを飲んでいる姿が。

そういえばいつも、公園のベンチに来てから、だいたい十分後くらいに、少年と車椅子がやってきていた。

祐には突然わかった。いつも一言もしゃべらなかった理由が。

見た目は変わっても、声だけは変わることがなくて。

スケボーで転んだときに、聴こえたあの声も。

小指の指輪が、ひどく痩せて薬指にはまるくらいになっても、大事につけ続けていたことも。

こんなに近くに手がかりはあったのに。

祐は、手のひらで顔を覆う。

見つけられないよ。だって真帆は、かくれんぼの天才だろ？　見つけられるわけないじゃないか。

見つけられたらよかった。

今なら本当のことを言えたかもしれなかった。

いつになったら見つけてくれるのかな、気付くのかな、と思っていたのだろうか。

今なら絶対に「降参！」なんて言わなかった。一回だけだぞ、なんて言わず、ずっとそばにいて、何回でも何千回、何万回でもかくれんぼで鬼になった。


日差しの明るさに祐は目を細める。見上げた空は雲ひとつなく、どこまでも続いていくような深い青だった。毎晩のように通った公園だが、午前十時という明るい時間帯の公園は初めてだった。祐はベンチに座り、公園の様子を眺める。夜と昼とでは、まったく違った公園に見える。保育園の外遊びの集団なのか、黄色帽をかぶって、カルガモみたいに、先生たちとゆっくり歩いてくる子供たちの集団がいる。みんな着ぶくれて、丸々して可愛い。

見るともなしに見ていると、かくれんぼが始まった。

鬼が先生と一緒に数を数えると、みんな走って隠れる場所を探している。ひとりの女の子がこちらに駆けてきて、あっ、ここいいなと思ったのだろう、「おじさん、隠れるから教えちゃだーめよ」と言って、祐の座っているベンチの後ろに隠れた。

鬼が探しに来て、「いるのー」と訊く。知らん顔していたら、後ろから「いないよ！」と元気のいい声がして、思わず笑ってしまった。

会社は退職した。この公園に来るのも、今日で最後となる。

祐は、愛着のあるこのベンチと公園に、ひとり、別れを告げに来たのだった。ブチ猫のビールは朝からだと、ちょっと問題があるので、今日はコーヒーだ。

妻との離婚も正式に決めた。これからのことはすべて未定だが、真っさらなスケジュール帳を持って、真帆を探しに行こうと思う。

昔、かくれんぼをしていて、目を隠したふりをして盗み見ていたり、ちゃんと三十数えなかったり、ズルをすると、真帆は本気で怒った。

だから、ズルはしない。すぐにそっちへ行くなんてズルをしたら、もう口もきいてくれなくなるだろう。

かくれんぼの続きをしよう。いつか人生のその先で、真帆を見つけ出せるように。そのとき胸を張って「みーつけた」と言えるように。精一杯、自分の人生を生きる。

園児たちは、また鬼が代わったのか、別の子が「いーち、にー、さーん……」と大きな声で数えている。くすくす笑いながら、子供たちは走って隠れ場所を探す。

――祐、いつか見つけに来てね――

祐は、真帆の手紙を丁寧に畳み、胸ポケットに入れると、トランクひとつだけ持って、歩き始めた。

第4話

最後の課外授業

一人目　長部彩香

　コピー機の光が左から右へと移動して、ノートのすべての情報を写し取っていく。見開き二ページを、光が撫でていくのとほとんど同時に、コピー機がどんどん紙を吐き出していく。触ってみるとほのかに温かく、生き物じみていてちょっと変な気がする。でも生み出されてからすぐに冷たくなって、死んでいるただのコピー用紙の束となる。

　長部《おさべ》彩香《あやか》は、大学構内のコンビニで、せっせと自分のノートのコピーを取り続けていた。もうすぐ試験がある。今の期間、長部のノートは誰もが欲しがるほどの価値を持っていた。開始の早い一時限目の講義、冷たい雨の日も、一日も取り逃しなく真面目に取ったノートだ。黒板の板書以外にも、教授の話の要点をまとめてメモ書きし、試験に対して言及したところは星印を描いてわかりやすくしている。読みやすさにはこだわりがある。我ながら、見た目も綺麗なノートだと思う。

このコピーの束は、長部が友人たちのために、自らコピーしているのだった。スマホでノートを撮影しても良いのだが、それだと見にくいと言われたので、コピーを取って渡すことにしている。彼女らは、試験前になると「ねっ、長部ちゃんお願い、ノート頼めない？」と、いつも頼ってくる。

友人たちは、朝一番の講義など、ほとんど出てこずに遊んでいる子たちばかりだ。全員同じサークルに入っていて、昼すぎぐらいにぼちぼち現れる。長部もサークル活動には誘われたが、そのサークルは他大学合同のため、交通費もかなりかかる。父方の祖母が体調を崩し、長部の両親は田舎の父の実家へ引っ越すことになったが、長子の長部だけが進学のため地元に残った。そのため家も下宿、金銭的な余裕もあまりないため、アルバイトは休めない。

要領の良さというのは、生きるためには必須スキルなのだろうと長部は思う。現に、長部のノートを使って試験前だけ重点的に対策し、当の長部よりも、成績で良い評価を受けている友人も多い。コンパに宅飲みサークル旅行、ビーチで乾杯バーベキュー、素敵な恋人や友人と、今しかできない楽しい思い出をたくさん作りつつ、なおかつ単位もぬかりなく取る。

一日も休まずさぼらず、真面目に授業を受けてコツコツやっている自分はいったい何なのだろうと、長部は思う。社会だって、そういう明るさと要領の良さを求めているのであって、コミュニケーション強者の前には、真面目賞の加点なんて無いに等しい。

長部が属しているグループは——とはいえ、長部だけがサークルに入っていないので、大学内でゆるやかに繋がりのある友人にすぎないが——周りから一目を置かれている、華やかな女の子たちばかりだ。学食で一緒にお昼を食べているときも、流行りのカフェについて行ってみたときも、このグループの中に自分が紛れていられるのが、信じられないように思う。顔が可愛い、加点150点。話が面白い、加点100点。雑誌に載るくらいファッションのセンスが良い、加点80点。友達が多く、いろんなところに顔がきく、加点110点。同じサークルに入っている、加点70点。そんな風に、加点の総合点で暗黙の足きりがなされ、集団は自然と小さなグループに振り分けられていく。

度の強い眼鏡に猫背、黒髪を束ねただけの半端な長さの髪、服は二年前に量販店で買ったもの、加点される要素の何ひとつない自分にも、ひとつだけ差し出せるものがある。それがこのノートだ。

真面目にノートを取っている、加点50点（なお、試験前の期間限定）。

このノートによって、自分はグループ入りを許されていると長部はわかっていた。断れば、すぐに関係は切られるだろう。

気分は正直、良いとは言えないが、中学高校のときと同じように、集団の中で自分ひとりだけがぽつんと浮くのは絶対に嫌だった。余り物グループに気を遣って入れてもらうのも嫌だった。朝起きてから学校へ行き、誰とも話さずに家に帰るのも嫌だった。顔が可愛いセンスが良い、そういった加点のない人間が上位グループに属すための、たったひとつの武器が、このノート。

大講義室でひとり心細く座っていたところへ、華やかな友人たちが声をかけてきてくれたときは、とても嬉しかった。一緒に笑ったりしているだけで、自分がちょっと強く、偉くなったようにも思えた。ずっとクラスでひとりきりだった高校の頃とは違う。可愛さや面白さが強みになるならば、自分の強みはこの真面目さなんだ——そんなことを思いながら、コピーを取る手を動かす。光は左から右へと流れていく。自分もコピー機の一部になったような、機械的な手つきで。

すると突然、背後から、「長部、彩香さんでしょうか？」と声をかけられた。

びくっとする。

振り向いてみれば知らない顔だ。上下揃いの配送業のような制服を着ている女がいる。まだ若くて、制服を着ていなければ、同じ学部生かと思ったろう。灰色の制服に、胸のところには向かい合ったふたつの羽根のシンボルマークがあった。髪は短く、背が高い。名札には「七星」とある。

「わたくし、天国宅配便の、七星律と申します」

そんな宅配便の名前、聞いたこともない。天国？　そんな地名あったっけ？　まさか天国と地獄の天国じゃないだろうし。

「わたくしども天国宅配便は、ご依頼人の遺品を、しかるべき方のところへお渡しするということをしております」

遺品などと言われても、長部にはまったく心当たりがなかった。身近で亡くなった人は、思い返してもひとりもいない。母方の祖母は長部が物心つく前に亡くなっているが、祖父も父方の祖父母もまだ存命だ。遺品をもらうような関係の人は、ひとりもいないはず。

込み入った話になりそうなので、一旦コピーを中断して、おつりのボタンを強く押し込んだ。チャリンチャリン、とおつりが落ちて、その音が少ないことに、憂鬱な気持ちになる。ノートを取るのも長部なら、コピー代さえも長部の持ち出しだった。

「いいよ、こんなのちょっとだから」と言いながら、コピーをみんなに気前よく渡すのがあたりまえになり、今さら請求もしづらくなってしまっていた。

「あ、ノート。そろそろ試験ですか」と、七星が懐かしげに言うので、「そうです。友人が病気で休んでて、その分を頼まれちゃって。あ、もう治ったんですけど」なんて言いながら、自分でも、妙に言い訳じみた口調になっていることに気付く。いったい、何に対しての言い訳なのだろう。

コンビニの表にはテーブル席も見えているので、とりあえずそこへ移ることにした。七星はコーヒーを買ってくれた。

七星は「失礼します」と座ると、まず机の上を綺麗に除菌ウェットティッシュ、その上から白いハンカチで拭き清める。その後で、鞄から封筒を出してきた。一通だけではない。全部で五通もある。それをトランプの札のように、机の上へ等間隔に並べた。

「ご依頼人は、真田《さなだ》光彦《みつひこ》先生です」

先生、というからには習ったことがあるのだろうが、顔が浮かばない。そんな先生、いたっけ……、と慌てて担任や主任の名前を脳内で検索するも、まったくぴんとこない。まだ卒業してから二年くらいしか経っていないのに、大学以前の先生の記憶がもうおぼろげになっていることに、自分でも驚いた。真田というと、あのヨボヨボの古文のおじいちゃん先生の名前だったっけ？　誰だっけ？

七星が、「サイエンス部顧問の、真田光彦先生です」と補足して、ようやくわかった。

ああ！　と納得しつつも、半分では（なんで？）という気持ちが大きい。長部は恐る恐る訊いてみた。

「あの、真田先生のお手紙、わたしにって、何かの間違いじゃないですか」

七星は「いいえ、間違いではありません。長部さんは、サイエンス部、部長の……長部彩香さんですよね？」と言いながら、五通あるうちの手紙の一通を示す。きちんと、宛名は〝長部彩香さま〟となっている。綺麗な字だ。そうだ、真田先生はいつでも、黒板にも定規で引いたような、きちっとした字を書いていた。

やっぱり間違いなく、自分宛の手紙らしい。

字の形はかろうじて思い出せても、真田先生の顔は、もう、うすぼんやりとしか思い出せない。高校三年のときに少しの間だけ入っていたサイエンス部の顧問で、理科の教師だった。ちょっと小太りで、無口で、丸眼鏡をかけていた。汗かきで、夏はいつも汗だくだった。たぶん独身だったろう。面白いことも言わずに、淡々と授業をするので、後ろの席の方では、ほとんどみんな内職しているような、そんな教師だった。好きな教師ベスト3には絶対に入らず、嫌いな教師ベスト3にも絶対に入らないような、好かれもしなければ嫌われもしない、目立たない存在。

やっぱり、（なんで？）という気持ちの方が大きい。それも、「なんで死んじゃったの先生」の（慟哭《どうこく》のなんで？）ではなく、「なんでわたしに手紙を」の（困惑のなんで？）だ。

当時からしても、真田先生は三十代の後半か四十代、まだ亡くなるような歳ではなかったはず。その先生が、わざわざ亡くなる前に生徒に手紙をしたためるなんて、よほどのことだ。そんなに生徒に、いや、人間自体にそう関心があるタイプには見えなかった。

サイエンス部という、何やら賢そうな名前は付いていても、実際の活動はあまりしていなかった。ただ週に一回、部活動の日があって、理科室に集まって、各自ダラダラするだけの部だ。活動実態がなければ、さすがに廃部となるので、とりあえず部員は理科室に集まるだけは集まろうということになっていた。たまに思いついたように、何かサイエンス系の動画を見たり、実験めいたことをすることはあっても、基本的には、何をやるのも自由だった。長部は後ろの席で、入試のための問題集を解いており、他の部員は、何をしていたかあまり印象にない。

長部自身、内申点のために、帰宅部よりはいくぶん印象が良いように、でも運動部とか文化部でも練習の激しいところは嫌だ、と三年になってから消去法で入った部だった。

考えることはみんな同じなのか、部員も三年生だけで、一、二年はひとりもいなかった。真面目にサイエンスをやりたくて入った、という生徒はひとりもいなかったはずだ。

でもそれは顧問の真田先生にしても、同じように見えた。部活で土日が潰れるようなハードな運動部の顧問や、コンクールのため日夜激しい練習を続ける音楽系の顧問などはまっぴらごめん、でも何かの顧問をやらなければならないという、周囲の重圧に負けて、仕方なく新設したというような部。なんにもしたくない生徒と、なんにもやりたくない教師の利害が一致した——それがサイエンス部だった。

「あの、真田先生、本当にお亡くなりになったんですか」

「ええ、残念ながら、ご病気で。お亡くなりになる前に、我が社に依頼をされました。みなさんの成人式が終わったあたりに、このお手紙を渡して欲しいというご依頼でした」

ということは、急な事故などではなく、真田先生自身が、元部員へのこの手紙を、わざわざ天国宅配便なる会社に託したことになる。

それも、亡くなる前に。

「これ、中を読んでもかまいませんか」と長部が言うと、「ええもちろん。そのために参りました」と七星は言う。

中は、やはり先生のカクカクした綺麗な字だった。文頭もきっちり揃っている。

——長部さん

二十歳になったら、お祝いに土手で課外授業をして、みんなで集まろうって約束、先生守れなくてごめんな。でもよかったら、みんなでまた集まらないか——


集合日時も集合場所も書いてある。三月二十日、まだ少し先の話だ。

なんだこれは。

〝二十歳になったら、お祝いに土手で課外授業をして、みんなで集まろうって約束〟

そんな約束をしたこと自体、記憶にない。雑談のついでに、将来集まったら面白いだろうな、とかいう話が出たことはあったかもしれないが……。

これが、コンクールに出るために三年間死ぬほど頑張った吹奏楽部とかなら、「先生！」と言ってオイオイ泣くところだが、涙のひとつも出ない。正直に言って、そんな重い気持ちを一方的にぶつけられて、長部はうろたえていた。

それでも、配達人の七星に困惑した顔を見せるわけにもいかないので、とりあえず、悲しそうな表情だけを作った。

手紙には、まだ続きがあった。

――長部さん、この手紙を他の部員四人へ渡し、みんなを集合場所に集めて欲しい――

――準備物　砂糖一キロ――

「えっ？」

長部は焦った。

「え、もしかしてこの手紙、他の部員にわたしが渡しに行くんですか？　わたしがですか？　それに、この準備物の砂糖っていうのは、何なんですか？」

天国宅配便の七星は、手元のファイルを見つつ、「はい、真田先生のご依頼では、〝長部さんが他の四人の部員に手紙を渡して、部員のみなさんを集める〟とありますね。砂糖は……こちらにはよくわかりませんが、真田先生のご意向です」

えっ、何それ。長部は思う。

長部はサイエンス部の部長なのは確かだが、部長を誰にするかという段になって、単に長部の名字をひっくりかえせば「部長」になるから、というむちゃくちゃな理由で押しつけられた部長であり、人望があるとか、うまく人をまとめられるからという理由で決まったのではない。むしろ、何かの幹事的な役割なんて本当に苦手で、逃げ回っていた。自分には人望があるとは思えないし、人と人との調整役なんて最も向いていないのは、自分でもよくわかっている。

宅配便なんだから、届けるのが仕事でしょ、あなたが届けてよ、と喉まで出かかったが、いつも我慢して気持ちを飲み込むのが性分なので、手紙を前にしてただ、黙った。

どう角が立たないように断ろうか、脳をフル回転させて考えを組み立てる。

「あの……すみません。わたし、卒業してから、一度も他の部員とも連絡を取ったことがないし、みんながどこにいるのかもわからないんです。そのわたしが突然訪ねていっても、みんな、逆に困ってしまうんじゃないかと思います。アルバイトもありますし、学校もこの通り、忙しいので……ちょっと、他の部員に手紙を渡しに行くとかは、難しいかも……」

やんわり断ろうとした。

すると、七星は表情も変えず「そうですか。まあ、それも仕方がありません。こちらとしましても、長部さんにお渡しすることが、真田先生のご意向だったので……」とあっさり引き下がる。

よかった、うまく逃れられたようだ。

となると、テーブルの上に残された、この四通の手紙はどうなるのだろう。

「あの、じゃあこの四通の手紙は、どうしたら」

「ご依頼では、〝長部さんへお渡しする〟とありますので、どうぞ、他の方の分のお手紙もお持ちください」と言って、七星が手紙をまとめて長部の前に置く。

待ってよ、ちょっと……。

死んだ後に渡して欲しいという思い入れたっぷりの、手紙四通。捨てるにも捨てられないし、そんな重い手紙を手元に置いておくのもなんだか怖い。「まあいっか、知らない」と知らんふりなどもできない性格だ。亡くなる前に書かれたものなら、何らかの強い思いが詰まっているに違いない。そのままにしておいたら、先生のお化けが出そう。見れば七星は、話は終わったとばかりに、一礼して立ちあがりそうになっている。

気がついたら、「待ってください」と口走っていた。

「あの、他の人たちの手がかりってわかりますか。今どこに住んでいるのかとか、どこに行けば会えるとか……」

七星が頷いて微笑み、持っていた鞄の中から紙を出してきた。

「ですよね。いきなり言われても、きっとお困りだろうと思って、こちらで一覧表にしておきました」

他の部員の、現在の所属や住所の一覧表だった。だいたい、どこにどの時間に行けば会えるなどの情報も調査されて、しっかりと表になっている。幸い、みんな、地元にいるようだ。

七星は「困ったことがありましたら、いつでもこちらへ」と、連絡先の名刺をくれた。それと住所などの一覧表、四通の手紙を前に、長部は腕組みをして考えていた。

これで、何とかなるだろうか……。

簡単に郵送で済ませてしまおうと思ったが、良く見たら※印があって、※現住所は要確認、とある。下手に郵送して、宛先不明で戻ってきたり、期限が切れてしまって、「部長の不手際のせいで集まりに行けなかった」などと、他の部員から責められたりするのも避けたい。全部、郵送できたところで、この手紙だけ突然送っても、わけがわからないだろう。部長の自分でさえよくわかっていないのだ。それに、砂糖って何なんだ。全員から個別に電話で「砂糖って何」と問い詰められるのも面倒だ。

なんでこんなことに。

とりあえず、四通の手紙を恐る恐る束ねて、折れないようにクリアファイルに突っ込むと、鞄に収めた。

長部はまた、コピー機に戻りながら、ため息をつく。

これは、面倒なことになってしまった――

二人目　黒瀬孝弘

部員の中で、最初に黒瀬孝弘《くろせたかひろ》のところへ行こうと思ったのは、比較的大学が近かったこともあるが、気詰まりなことは、最初に何とかしておきたかったからだ。この黒瀬という男に、良い印象はまったくない。

普段使わない路線の電車に乗るのは落ち着かない。バスに乗り換えるが、システムが違うので、乗車口でまごまごしてしまった。後ろの列の方から舌打ちが聞こえて気が滅入る。大学の巨大な外観が見えてきた。その大学で降りる学生達に紛れて、長部も一緒にバスを降りた。

天国宅配便の七星がくれた一覧表と、黒瀬究の手紙はクリアファイルに入れてきた。門の脇で、にぎやかな学生の集団をやりすごしながら、長部は、なんでこんなことやっているんだろうなあ……と、今日何度目かのため息をついていた。

長部が、サイエンス部の部員たちに会いに行くのに、気が進まないのはわけがあった。

なぜならサイエンス部は、挫折して他の部活を辞めた者、集団の輪に入れない者、他の部活でもめ事を起こし追放処分となった者、そういった、どこにも所属できないような、トラブルメーカーやはみ出し者、いわば学校の余り物の寄せ集めだったからだ。

真田先生にしてもそうだ。高校生にもなると、それとなく先生同士の力関係も透けて見えてくるものだが、真田先生は、理科室にいつも陣取っていて、職員室で居場所はないんだろうな、ということは当時から、何となくわかっていた。

そういった、じめじめした岩の下の虫みたいな部員たちに、陰気なキノコみたいな顧問の教師、サイエンス部などに良い思い出があろうはずもない。だから、こんな思い入れのある手紙を真田先生にもらうこと自体、まったくの予想外だった。今でも投げ出して良いのなら、投げ出したいくらいだ。

おかしな人間ばかりの部員の中でも、黒瀬は特にアクの強いキャラクターで、長部はこの黒瀬のことが本当に苦手だった。ぺらぺらしゃべる割りには内容はなく、存在自体がなんというか、うさんくさい。いつもクラスや部活の有力者の腰巾着みたいにくっついておべんちゃらを言いまくり、その有力者同士の派閥で対立があったときも、あっちへ行きこっちへ行き、あることないこと両陣営に適当にしゃべりたおして、結局みんなに嫌われ、はぶられ、仕方なくサイエンス部に入ったという、いわくつきの部員だ。

長部が黒瀬のことを苦手に思うのは、同族嫌悪というのもあった。みんなとうまくやろうとしすぎて空回りし、結局クラスで孤立したのは長部も一緒だったからだ。長部は人の顔色をうかがいながら、全員とうまく合わせようと愛想笑いを浮かべていた。長部もうちょっと口が立ったり、行動的だったりしたら、黒瀬と同じような感じになっていただろうと思うと、自分を見ているようで恥ずかしくなる。

そうはいっても、苦手だから黒瀬だけには手紙を渡さない、というわけにもいかない。七星がくれた一覧表を片手に、広いキャンパスを歩き、黒瀬のいるとされる大講義室の棟を目指す。

女子の多い長部のキャンパスよりも男性比率が高く、ちょっと緊張する。二階に上がり、学生の中でも、全体がぽちゃぽちゃして、パステルトーンの服を着た、いかにも優しそうに見える女子を選んで声をかけた。

「すみません。たぶんこちらの学部にいると思うんですが。二年の黒瀬孝弘さんという方を探していまして……」

「もういいかげんにしてくださいっ!」

いきなり怒鳴りつけられて、心臓が止まりそうになった。

「わたしたち、セミナーとか行きませんから! 儲かる話にも芸能人にも全然興味ないです!」近くにいた数名に睨まれる。まだ集まってくるが、みんなこちらを訝しんでいる。

「いえ、あの……あの、違うんです。わたし、手紙を届けるようにって頼まれてきただけで、関係者とかじゃないです。違います」

必死になって経緯を説明しながら、何となく黒瀬の現状を察する。いかにもシュークリームとか子ウサギとかが好きそうな、ふわふわして優しそうな女の子たちが全員、修羅の顔になっている。この憎まれ方は尋常ではない。

「黒瀬さんに関わんない方がいいですよ、絶対に！」憎々しげに吐き捨てながら、行ってしまった。「アイツ捕まったらいいのに」とまで言われている。

黒瀬は、いったいここで何をやってるんだろう……。

見れば大講義室に、水色のインコみたいな派手な髪色の後ろ姿があった。しきりに身振り手振りを交えつつ、他の学生に何かを勧めている。

「夢を形にしようよ！」「最小限の力で、〝人生にテコの原理〟なんだからさあ」「すごい人とも実際繋がれるんだよ、世界中のね！」「ネットワークこそ力！　ネットワークこそパワー！」そんな感じで、一方的に語りかける、奇妙に明るい声が聞こえてくる。

このぺらぺらしゃべりながらまったく内容のない感じ、確かに黒瀬に間違いない。人間そうそう変わらないよな……と、うんざりする。

話しかけられていた人が、逃げるように行ってしまったところを見計らって、声をかけた。「黒瀬くん、久しぶり」

その水色の髪をした黒瀬が振り向く。誰だかわからなかったようで、「えっ？　あれ？　久しぶり。えっ、ちょっと待って、なんでここに？」と言いながらも、瞬きをしきりにして、名前が出てこない様子だ。

「長部だよ。同じ高校でサイエンス部の部長だった」

黒瀬はようやく思い出したのか、ああ、と大きな声を出し、「そうそう、部長じゃん、久しぶり。え、何、なんでここにいるの」と言う。久しぶりに〝部長〟という、昔の呼び名で呼ばれた。

かいつまんで、天国宅配便から渡された、真田先生の手紙の経緯を話した。どうやって、この講義棟まで居場所がわかったのかと訊かれるので、七星からもらった一覧表を見せる。黒瀬はその紙をしげしげと眺めながら、「おおすげえ、ちゃんと調べてあるんだな、他の奴のことも」なんて言っている。

真田先生が亡くなったこと、部員ひとりひとりに手紙があることも話して、黒瀬宛の一通を差し出した。

開けて読むなり、黒瀬は「え、なんだこれ」と言う。こっちだって知るもんか。黒瀬も予想通り、手紙の内容に困惑している様子だった。

黒瀬は、「三月二十日、うわー平日か……」と言いつつ、手帳を開いて日付をチェックしている。

「ま、俺も真田先生はご愁傷様だと思うし、ご冥福を、とも思うけど、俺、三月二十日にちょうどセミナーがあるんだよな、まいったな。憧れの芸能人とかにも会える超ビッグな会合で、それに出て顔を繋ぐのが俺の夢でもあったから。やっと階級上がって出られることになったんだよね。あっそうだ、今、俺のとこにチケット二枚あって、一枚安くしとくから、部長も一緒に行かね？」長部は即座に断る。

これで、部員に手紙を渡すという、一応の役目は果たした。さっさと帰ろう。そう思って長部が立ち上がり「それじゃ、そういうことで」と帰ろうとしたとき。

「――子供用のビニールプール。直径一メートル以上」

と、黒瀬がつぶやく声がした。

何を言っているんだ、と思って黒瀬の顔を見たら、ほら、と手紙を見せてくる。準備物のところに、確かに、〝子供用のビニールプール。直径一メートル以上〟と書いてある。

長部の手紙は、その準備物の欄に、〝砂糖一キロ〟と書いてあった。どうやら部員ひとりひとり、その日に準備するものは違うらしい。

「わたしのところには、砂糖一キロって書いてあった」と、黒瀬にも手紙を見せる。

「え、真田先生、ビニールプールと砂糖で何をするつもりだったんだろう。みんなでプールに入りながら砂糖を食べる会とか?」などと黒瀬が言い出す。どんな会だ。となると、とたんに気になりだす。それらを何に使うかまでは、手紙の隅々まで読んでも書かれていない。きっと五人、準備物を持って集まれば、何をするのかわかるのだろう。

しかしながら、ビニールプールと砂糖で、何ができるのだろう。

「なあ部長、他の人の手紙もここで開けて、準備物が何か見てみないか」と黒瀬が言うが「それはダメでしょ」といさめた。

「まあその日は俺、行けないから、アレだけど。他の人の準備物だけ知りたい。真田先生が三月二十日、何をしたかったのかは気になる。わかったら教えてくれよ」

長部も同じように気になってきた。先生は、その日、土手でいったい何をしようと考えていたのか。

「でもなんで〝子供用プール〟なんだろう。黒瀬くん、何か心当たりある?」

「いや別に、心当たりは……」しばらく目を伏せて考えていた黒瀬が、急に視線を上げて、こちらを見た。「あっ、でも俺、そういや子供用プール持ってる」

長部は意外に思った。「え、黒瀬くん、そんな小さい弟妹とか、いたっけ?」印象的に、この黒瀬と子供というのが、どうにも結びつかない。子供用プールなんて、幼稚園児や小学校低学年くらいの子供じゃないと遊ばないだろうから、黒瀬の弟妹にしては幼すぎる。

「俺さ、高校のとき、近所の駄菓子屋さんで手伝いっていうか、バイトしてたんだ。近所の子集めて、一回百円でプールに入れて面倒見て。波のプールとか言ってぐるぐる回したりな。俺、子供の扱いけっこううまいんだぞ」

黒瀬が、ちょっと懐かしそうな顔になる。

「それ、真田先生に話した？」

「言ったっけなあ……覚えてないなあ……いや、言ったかなあ……」などと言いつつ、黒瀬はまた考え込む。「ま、とりあえず、部長、その日プール要りそうだったら言って。俺ん家にあるから」

「でも、もう使わないの、そのプール」

はっ、と黒瀬が鼻で笑った。

「何言ってんだよ部長、一回百円なんて小さいビジネスより、人生、もっと大きなビジネスを展開しなきゃ。〝人生にテコの原理〟なんだし」

「何なの、その〝人生にテコの原理〟って」

「俺が作った名言。有名になったときに、ほら、そういうのが何個かあった方がいいかと思って。〝人生にテコの原理〟――黒瀬孝弘」

顎に手をやる謎の決め顔で、遠くを見つめている。

帰りがけに黒瀬が、準備物の謎が解けたら教えてくれと、メッセンジャーアプリのIDをしつこく訊いてくるので、ついに折れて教えることになってしまった。嫌だったが、仕方がない。

長部はぐったりと疲れて、黒瀬と別れた。

黒瀬は相変わらずの調子だったが、ひとつ、気になることができた。

どうやら準備物は、ひとりひとり違うらしい。

真田先生は、いったい、三月二十日に、何をしようとしていたのだろう――

三人目　池田尚子

黒瀬はメッセージ魔らしく、手持ち無沙汰なのか、〈おはよっす部長!〉〈新しい俺の名言できたんだけど聞きたい?〉〈いやー毎日充実! ビッグな仲間と朝活動中!〉〈今日の目標消化率30パーセント〉〈今日の俺コーデと今日の俺読書〉などと、毎日山のように、くだらないメッセージが来るので閉口する。

〈今日は、部員の池田尚子《いけだなおこ》さんのところへ行くから〉と打ち込むと、準備物は何だったのか後で必ず教えろとうるさい。

なんでそんなに準備物が気になるのか黒瀬に訊いてみたら、返事が来た。

〈今、世の中に謎なんてなんもないじゃん。ゲームとかは、検索したらネタバレがいくらでも出てくるし、アニメだって解説サイトがあるし、SNSとかでも映画やドラマのオチとかフツーに流れてくるし。

でも俺たちのこの謎は、俺たちが解かない限り、謎は謎のままで終わるんだ。どこにもネタバレは落ちてない。なんかさ、こういうの、ちょっとワクワクするんだよね〉

当の真田先生が亡くなっているのに、ワクワクも何もないだろう。こいつは本当に不謹慎な奴だなと思いつつも、自分も、謎を謎のままで解かずに捨ててしまうことに、どうにもすっきりしない感じを覚えていた。

天国宅配便の七星からもらった、部員の所在地の一覧表を見ていて、あれっと思ったのは、池田尚子が、専門学校を休学して、今はほとんど自宅にいるということだった。

正直、長部はこの池田も苦手だった。池田は、しゃべっているところを誰も見たことがないくらいに無口な女で、こけしのような独特なショートカットをうつむけて、いつでも本を読んでいた。その本を読んでいるというのも、読書が好きで活字を楽しんでいるというよりは、顔の前に本を立てて、人を寄せ付けないためのバリアか壁を作っているような雰囲気だった。

本ばかり読んで、さぞかし頭が良いのだろうと思いきや、成績は最下位近くらしく、いつも成績不振者の補習に呼ばれていた。勉強もあまりできない、暗い、しゃべらない、特技もない、特にいじめや陰口の対象にもならないくらいの、幽霊みたいに目立たない学生だった。そんな池田をあえて構おうとする人もいなかった。サイエンス部でも、ほとんど発言したことがない。長部自身も、仲良くしたいとは一ミリも考えたことはなかった。きっと向こうの方でもそうだろう。

ひょっとして、この訪問で、初めてきちんと池田と話すことになるのかもしれない。ほとんど話さない相手に、どうこの手紙のことを切り出せばいいのだろうと思うと憂鬱になるが、とりあえず、住所を頼りに行ってみることにした。

坂の上の方へとバスが上がっていくにつれ、家と家との間隔が次第に広くなり、高級住宅街へと入っていく。高い塀で囲われた要塞みたいな家がたくさん並んで、このあたりにもこんな町並みがあるのかと、内心驚いた。下町と違って、人の気配がまったくない。黒瀬も池田の住所を知りたがるので教えたが、「すげえ、セレブっぽい」と、お金の絵文字たっぷりの返信が来ただけで、同行する気はないようだった。

バスを降り、池田の家に辿り着くと、門構えの隙間から見える、豪勢な屋敷にうなる。広い庭も、落ち葉ひとつ無いくらい、手入れし尽くされている。意外と言っては何だが、池田の、あのもっさり、ぼんやりとした様子からは、想像もつかないような豪邸だ。

呼び鈴すらも、何やら高貴な音がした。

怪しまれるかな、と思いながら、とりあえず「高校のときの、サイエンス部の部長の長部です。顧問の真田先生からのお便りを、池田尚子さんにお持ちしましたので、お渡しできればと思います」などと、練習したとおりに言ってみる。

中から愛想の良い母親が出てきた。なぜ初対面なのに母親だとすぐにわかったかというと、髪型を池田とそっくりの、こけしみたいな独特のショートカットにしていたからだ。そういえば顔もよく似ている。

長部は、よかった、この手紙を母親に渡して早々に退散しようと思ったが「まあまあどうぞどうぞ、よかったらお茶でも」と、大喜びで家の中へと誘われ、その勢いを断り切れずに、応接室の豪華なソファーに腰を下ろすこととなってしまった。

応接室には、キノコの形をしたガラス細工のランプや大理石の置物、大きな油絵など、一般家庭ではあまりお目にかかれないような美術品がいくつも置いてあって、視線が落ち着かない。

母親が、見るからに高級そうな紅茶セット一式を持って出てくるのと同時に、池田も部屋に現れた。着ている服も髪型も、母親とまったく同じだった。池田はぼんやりとした生気のない顔をしながら、曖昧な態度でこちらに会釈する。驚いたことに、こけしのような独特な髪型も体形も何もかも、高校のときと何ひとつ変わっていない。池田の周りだけ、時間が止まっているみたいだ。

何も言わないのも変な気がして、「ああ、池田さん、あの……お久しぶり」などと言ってみる。小さく頷いて応えて、池田が母親の隣に座った。そうやって座ると、片方だけが何かの呪いで歳を取った、双子のようにも見える。

上品な砂糖漬けのお菓子を勧められて、いただく。

顧問の真田先生が亡くなって、というところから説明しようとすると、母親が「なんてことでしょう先生おいくつでしたっけ、そうそうわたくしの知り合いの息子さんもねガンを長く患って……」と、まったく関係の無い、知り合いの息子の闘病生活について、微に入り細に入り話が展開していく。いや、その息子さんが患って大変だったのはわかるし、気の毒なのもわかるが、今はその話を聞きに来たわけではない。第一、まったく知らない人だ。

「それでですね」と、長部がうまく息継ぎの間に滑り込んで、話を切り上げようとした。「こちらの手紙を」とりあえず手紙を机の上に出す。「ナオちゃんお手紙ですって。そんなに真田先生が気にかけてくださっていたなんて。ナオちゃんをサイエンス部に誘ってくださったのも真田先生なんですよね、うちの子はほら、物静かな方であまりしゃべらないでしょう、もう心配で心配で。幼稚園の頃もですね……」と、幼少の頃から内気で、どれだけ親として心配したかのエピソードが語られる。話が、エピソード1からエピソード9くらいになったあたりで、長部は、この手紙の話が無事にできる頃には、真夜中になっているのではないかと心配になってきた。紅茶など、とうの昔に冷め切っている。

母親は、息継ぎの間も惜しいように早口でしゃべりまくっているが、肝心の池田自身は、机の上にじっと視線を落としたままだ。

「つきましては、三月二十日にですね」と、集まりの件を強引に割り込ませてみる。

「あらあらあらどうしましょ、うちのナオちゃんはね、集まりとかはちょっとね……

あまり好きじゃないっていうか、行かない感じなんですよね。行かないわよね？　そうよね？　行かないでしょ？　ほら、行かないそうです。本当に内気で困ってしまうわ……ごめんなさいね」でも、当の池田の方は、母親の延々と続く長話に対して一言もしゃべってもいないし、頷くなどの意思表示もしていない。ただ、目をうつろにして、隣に座っているだけだ。

「あの、池田さん」長部が切り出す。

「はい」

「いえ、お母さんの方じゃなくて、娘さんの方の池田さん。この手紙を読んで、今」

と、母親の話を強引にぶった切って、池田に直接、手紙を差し出した。

一瞬、池田はためらった様子で、母親の方を見たが、その手紙を受け取ると封を開ける。

「池田さん。二枚目をめくってみて」

見れば、池田の手紙は二枚ではなく、なぜか三枚ある。

「三枚目？　他の人の手紙は二枚だけだったよ」

池田が、その一枚をそっと机の上に置いた。

何やら数字や緻密な図形やらがびっしりと書き込まれている。真田先生がペンと定規、コンパスなどを駆使して描いた、何かの設計図のようだった。

何か言いかける母親を無視して、池田に言う。「あのね、わたしの準備物は砂糖。黒瀬くんは、子供用プールだったの。池田さんはその設計図。真田先生は、いったい三月二十日に、何をしようとしていたんだと思う？」

母親がまた話に割り込んでこようとするのを、「すみません」と手で遮った。「これは池田さんと、サイエンス部部長の、わたしたちの重要な話なんです。申し訳ありませんが、お母さんは席を外していただけますか」

言ってしまってから、長部は自分が、こんなにはっきり人にものを言ったのも、拒絶したのも初めてだと気付いた。

母親の声のトーンが二段くらい下がる。

「でもナオちゃんはわたくしがいないと、人とよくおしゃべりができませんの。だから、わたくしが代わりに、いつもこうしてしゃべってあげているんですよ。現に今も黙ったままですし。この子はわたくしがいないとダメなんです」

「そんなことないです、ダメじゃないです。サイエンス部では、本当によくしゃべってましたから、大丈夫です。お気遣い無く。さあ」と、部長のわたしとは、ぶつぶつ言いながら母親が、ようやく応接室の外に出て行った。

扉が閉まると同時に、ふぅう、と長いため息をつく。見れば池田も同時にため息をついていた。タイミングも長さもふたりとも完璧に同時だったので、目を見合わせた。なんだかちょっと笑ってしまう。見れば池田も笑っていた。そうだよなあ、と長部は思う。さっきまでは、部屋に酸素がないみたいだった。初対面の、たったの数十分でこれだけきついなら、母と娘なら、もっと息苦しいだろう。池田の目もうつろになるわけだ。

生気を吸い取られた後のように、脳と、気持ちのどこかがぐったりと疲れきっているが、自分まで一緒にぼんやりしている場合じゃない。さっそく本題を切り出す。

「ねえ池田さん。池田さんなら、何かわかる？　その設計図、何の設計図なの」

池田の目に、ちょっとだけ光が灯る。

「これは、たぶん……凧」

池田の声をやっと聞けた。

「たこ？　海のタコとかじゃなくて、空の凧の方？」

頷く。

「池田さんは凧揚げが好きなの？」

池田は首を横に振る。

「先生と、爪の話、した?」

また首を横に振る。池田が設計図をこちらに見せてくるが、普通の爪とはかけ離れた、ひし形と曲線が組み合わさった、立体的で独特の形をしている。

「この、爪、かなり大きい。畳んで運べるけど、一メートルを超える」

一メートルを超える爪を目の前に想像してみる。そんなもの見たことがない。かなりの大爪だ。

「でも設計図って……そんなの作れるの」

「この設計図があれば」と池田が言う。いつもぼーっとして何を考えているかわからないような池田がはっきりと断言したので、ちょっと驚く。

「じゃあ、準備物は今のところ、巨大な爪と、砂糖と、子供用プール。真田先生は、三月二十日に何をしようとしていたんだと思う?」

池田はしばらく考え込んでいた。

「わからない……けど……気になる」

それは初めて池田の口から出た、人間味のある言葉だった。

「どうしようか、三月二十日」

池田は黙って考えているようだった。

「お母さんは、わたしが外に出たら、怒ったり、何度も電話してきたり、いろいろ面倒だから……わたしは行けない」

「そうか。しょうがないね。それなら」

と、あの母親を思い浮かべ一度は引きかけたが、それでも食い下がってみる。

「ねえ、池田さん。たぶんこれ、みんなでその日に集まったら、この謎が解けるんじゃないかと思う。今、世の中に謎なんて何もなくて、アニメでも映画でも検索したら、すぐにネタバレ解説がいっぱい出てくるのがあたりまえだけど、わたしたちの謎は、わたしたちが解かない限り、謎は謎のままで終わっちゃう。わたし、ちょっと知りたいんだよね。真田先生が亡くなる前に、わたしたちにどんな謎を残したのか」

なんだか黒瀬の言ったことそのままになってしまったが、一気に言った。

池田はわずかに表情を暗くして、しばらく考え込んでいる。

「でも、お母さんがダメって言ったら、何もかも、もう無理だから。行けない。ごめん」

それ以上は言えなかった。残念だが、諦める他ない。

池田は玄関先まで見送ってくれたが、母親はさっきのやりとりで気分を害したのか、出てこなかった。池田がかすかに手を振って、豪勢な扉が閉まる。

長部は、帰りがけ、もう一度振り返って池田の家を見上げてみた。

池田は、「行かない」じゃなく、「行けない」と言った。

見れば見るほど豪邸で、閑静な住宅街にあるせいか何の音もしない。豪勢なお屋敷に愛情いっぱいのお母さん、一見、幸せのパーツは全部揃っているように見える。誰が見ても何不自由のない暮らしであるはずなのに、池田はその中で、ただ目をうつろにして、置物みたいに座っていた。母親とまったく同じ服装と髪形で。

今まで、ただ池田がぼーっとして、何も考えていないのだと思っていた。

——この子はわたくしがいないと、本当にダメなんです——

ダメじゃない、と反射的に言い返していた。

ダメなもんか。

心のどこかが、まだ燻《くすぶ》っている。

あのお揃いの服装と髪形のお母さんと一日中、部屋で四六時中、一緒にいるところを想像してみる。こんな三百六十五日を、池田はこれから何度繰り返さなければならないのだろう。

池田のことを、本ばっかり読んでる、暗くて変な子だと思っていたけれど、今思えば、外の情報を遮断することで、自分自身を保っていたのかもしれない。

池田の家から帰りがけ、長部は「先生が何をするつもりだったのか、わかったら、池田さんにも後で教えるから」と言いかけてやめていた。

できもしないことを軽く約束してしまって、池田に望みだけ持たせることは、残酷な気がした。

長部は、しばらく池田邸を眺める。

準備物は砂糖、子供用プールと、巨大な爪。後のふたりの準備物が揃えば、先生の意図がわかるのかもしれないが、今のところは何をするのか、さっぱり見当もつかない。

＊

〈池田さんはどうだった?〉〈部長、どうだったの?〉〈準備物、何だったの?〉と、黒瀬が立て続けにメッセージを送ってくる。

〈池田さんの準備物は大爪だった〉と返すと、〈爪? なんだそれ?〉とメッセージがきた。こっちが訊きたい。

仕方なく、文字を打ち込む。〈謎、解けるかと思ったら、三人目の準備物で、ますますわからなくなってきた。でも、なんで佩なんだろう。それも、準備するのは市販の佩じゃなくて、先生の描いた設計図に基づいて作った佩なんだよね〉

しばらくして、〈あ、それ俺、わかるかも〉と返ってきた。〈俺、選択科目の美術で、池田さんと一緒だったからさ。あの人、ぼんやりしてるようで、手先とかめちゃくちゃ器用でさ。立体制作でも、ヤバいの作ってた。だから進路も、たしかデザイン系だったはず〉

黒瀬は人の噂話が大好きなだけあって詳しい。

〈部長、だからさ、この準備物にはちゃんと意味があるんだよ。例えば俺に設計図が来ても無理だし〉

となると、真田先生は池田の手先が器用だったことを、あらかじめよく知っていた可能性が高い。

〈そうか。それで池田さんは、あのとき、できると思うって、すぐに言ったんだ〉

真田先生はいったい、わたしたちに何を仕掛けようとしていたのだろう。

四人目　福家ハルカ

今日もくだらないメッセージを送ってきた黒瀬に、〈今日は福家《ふくいえ》さんのところだよ。一緒に行かない？〉と場所も添えて誘ってみた。すると即座に〈無理怖い〉と短文で返ってきた。〈いいじゃない、一緒に行ってセミナーとか勧めてみたら？〉と書き込むと、〈いや、福家はヤバいから。たぶん親もヤバい仕事なんじゃないの。ほら……暴力とかの関係の仕事とか〉などと返事がある。

これでもうふたり、手紙を渡し終わって弾みが付いていたが、バイト休みの今日、ついに福家ハルカのところへ行くんだ、と思うと、長部は緊張のせいか心臓がぎゅっとなる。天国宅配便の七星がくれた所属の一覧表には、福家ハルカ、コンビニでアルバイト、とあり、その住所と出勤の曜日も記されていた。

長部が一番、手紙を渡したくなかったのが、この福家だった。単に、怖かったのだ。福家は、キレると何をするかわからないという噂があり、噂だけではなく、実際に事件も起こしていた。元いた部活でいざこざを起こして、部室をめちゃくちゃに破壊し、喧嘩相手の女子もぶん殴ったのだという。普通、女子同士の喧嘩といえば、せいぜい陰口を言ったり口喧嘩くらいがいいところなのだが、実際に手を出すのはよっぽどだ。凶暴すぎる。

殴られた子の怪我も軽くはなく、本来なら警察も入って傷害事件となるところを、事件が起きたのが高二の三学期という、微妙な時期ということもあったのか、学校側が間に入って何とか事件を隠蔽したらしい。福家は退部の上、謹慎処分となった。

福家が学校に復帰しても、誰も彼女に話しかけようとはしなかった。サイエンス部の初顔合わせで、遅れて福家が入ってきたとき、理科室に異様な沈黙がおりた。ぺらぺらしゃべっていた黒瀬さえ、思わず黙ったくらいだった。

長部は部長だったが、福家となるべく目を合わせないように、近くにいるときは息を潜めるようにして、大人しくしていた。そんなわけで、池田に続いて、福家ともほとんど話したことはない。

福家が働いているというコンビニは、昼のピーク時間を過ぎているのか、お客はまばらだった。今日は出勤日のはずなのだが、店内に福家は見当たらない。仕方なく、カウンターにいる店員に声をかけてみる。

「すみませんが、わたしは福家ハルカさんの高校の同級生で、長部といいます。今日、ちょっと届けるものがあって来たんですが、福家さんはお休みですか」

するとその店員が、バックヤードに「ハルカちゃん」と声をかけてくれた。ちょうど、休憩時間だったらしい。

久しぶりに見る福家は、目元の化粧のせいか、昔よりずっと大人びて見えた。事情を話し、店の隅で手紙を渡して、中身を読んでもらいながら、三月二十日に集まれるかどうか訊いてみる。

「無理」

一秒で断ってきた。潔いなと変なところで感心する。

そのまま福家は手紙に目を落としていたが、最後のところで「ああ?」と、ものすごく不機嫌な声を出した。びくりとする。やっぱり怖い。顔は普通の女の子なのに、態度はチンピラみたいだ。

「なんだよこのカメラと三脚ってのは」

迫力のある吊り目に睨み付けられる。

「し、知らないよ。それ先生が書いたの。準備物は、わたしが砂糖で、黒瀬くんが子供用プール、池田さんが空に揚げる凧だから、みんな違うみたい。わたしも、よく意味がわからなくて」一気に言った。

「カメラなんてもう二度と触らねえ」

舌打ちしている。そうだ、福家が元いたのは写真部だった。

その写真部は、表彰もよくされるくらいの、全国でもレベルの高い部活だったことは、長部もよく覚えている。

福家がもめ事を起こしたのは、その写真部内のことだった。暴力沙汰となったのも。

「福家さんは、カメラの話を、真田先生にした？」

「するわけねえじゃん。でも、あいつも先生のくせにはぶられてたけど、一応教師だからさ、ことの顚末くらいは、知っててもおかしくはないかもな」

たしか、脚立をぶん回して部室を破壊して、もめた相手も殴ったんだよね？　とは訊けない。この沈黙がなんだか恐ろしいので、とりあえずしゃべらなければ、と思う。

「ねえ福家さん、ひとりひとり持ち物が違うのって、意味があるのかな。たまたまと思う？」

「知るわけねえじゃん、そんなの」

どうしてひとりひとり違うのだろう。なぜ福家はカメラなんだろう。何か意味があるのなら、長部はその理由が何なのか気になっていた。

「福家さんはさ、カメラ、もう全部、処分しちゃったの」と訊いてみる。もしも自分の仮説が正しければ、福家はまだ、カメラを手元に残しているはずなのだ。

福家はしばらく黙っていたが、「……一台だけ残してある」と、つぶやくように言った。

その言葉が鍵になったみたいで、福家が「ちょっと上だけ着てくるから、表で待ってて。まだ休み、三十分あるから」と言う。

長部が考えていた仮説とは、先生は、元部員達に、ただ準備物をランダムに持ってこさせているのではなくて、準備物自体に、何らかの意味を持たせているのではないか、ということだ。自分の砂糖はわからないが、子供用プールも、大爪も、どうやらそんな気がする。例えば自分がカメラ、福家が砂糖、とはならなかった。やはりそこに何らかの先生の意図を感じるのだ。

表で待っていると、福家はコンビニの制服の上にコートを羽織って出てきた。顎で、コンビニの前の公園を示す。ポケットからミルクコーヒー缶を取り出して、無言で一本差し出してくる。中で買ったものなのか、温かくて、握ると手指の先がじんとする。

「ありがとう」

近くでよく見れば、福家は歯の矯正をしているらしく、前歯のところに器具がついていた。

「もしかしてさあ、真田先生の書いた、準備物のカメラってのは、あたしの昔の話に、関係があるのかもしれないと思う――」

福家はそう言ってベンチに座り、缶を開けると、一口飲んだ。高校の頃のことをぽつぽつ話し出す。

「あたしは写真部で、これでもけっこう、真面目に活動してた。部員でお互いの写真を撮り合うこともよくあったし、学園祭のときもカメラ持って、記録用と作品用でたくさん写真を撮った。それでさ、写真部の一番うまい子がさ、学園祭で、あたしの写真を撮ったんだ。あたしが、たこ焼きを食べてる写真」

長部もその写真は見たことがあった。その写真は、全国でもかなり大きい賞をもらったらしく、新聞や雑誌にもかなり大きく取りあげられていた。その雑誌のページや新聞が、誇らしげに校内の壁に貼り出されていたことを、今も覚えている。福家が大口を開けて、今にもたこ焼きをほおばらんとする写真だ。迫力もあって、見ていると、自然とふふふっと笑みがこぼれてくるような、素人目にもいい写真だと思った。

「コンテストに出すって聞いてたのは二枚のうち一枚で、もうちょっと澄ました感じで笑っている写真か、あの、ぐわっと大口を開けてる写真のどちらか。コンテストには、澄ました顔の方の写真を出すけど、いいかって訊かれて、いいよって言った。そのまま、蓋を開けてみれば、作品として出したのは大口開けてる方の写真で、その写真で大賞を獲《と》った。大賞ってすごいことでさ、甲子園優勝みたいなもんなんだよ、写真部では。自分でもまあ、ひどい面してるなとは思ったけど、あたしが作品を出すとしても、やっぱり大口の方かなとも思ったから、それはそれでいい。でもさ」

福家は手元のコーヒー缶に視線を落としたまま、辛そうな顔になる。

「その総評でさ、有名なコメディアンで、写真の世界でも大ボスみたいな人が、こうやって褒めたんだ。〝この写真の一番良いところは、写ったこの子の歯がガタガタで、箸の持ち方もめちゃくちゃなところ。そこに人生の真実味があって実にいい〟」

そのコメディアンのことは、長部も知っていた。日本では、誰もが知ってる大物コメディアンだ。映画監督としても有名だが、写真家としても、世界のマエストロなんて言われている。その人の発言は、どんなに毒があっても許されるみたいな風潮があるけれど、よくよく考えてみれば、総評とはいえ、女の子にひどいことを言っているには違いない。

「まあ大御所アーティストだし、昔から毒舌で有名な人だからさ、歯がどうとか、別にそんなのはいい。でもさ、たまたまあたしがいないときに、部室で、その写真撮った子が言っているのを聞いちゃったんだよね。〝ハルカの箸の持ち方、ひどいなって思ってたから、いつかそれを写そうってずっと待ってた、狙い通りだった〟ってね」

長部は、黙って聞いている。

「うちはさ、小さい頃に父さんが死んで、母さんも仕事掛け持ちしてほとんど家にいなくて、おばあちゃんと育ったんだ。おばあちゃんは、目と手が不自由で、いつも、ベルトで手にスプーンを巻いて使ってて、生活もいっぱいいっぱいだったから、いろいろ余裕がなくて。それでもあたしたち姉弟を、高校までは出そうって、母さんは死ぬほど頑張って働いてくれた。おばあちゃんは最後、寝たきりになっちゃったんだけど、ごめんね、ごめんねってずっと謝ってた。

あたしのカメラは、じいちゃんのカメラでさ。写真部に入ったときは、おばあちゃん、生活が苦しくても、売らなくて本当に良かったって、何度も言ってた。じいちゃんのカメラであたしが部活をやるのを、母さんもおばあちゃんもすごく喜んでくれた。良い写真撮ってって、フィルム代だって余分にくれた」

ごく普通の高校生に見えていたので、そんな事情があったとは、長部もまったく知らなかった。

「恵まれて育った奴は、持ってない奴のことはわからないんだ。何の苦労もしなくて、高い機材だって何でも親に頼めば買ってもらえる奴に、箸のことそんな風に言われたの、あたし、我慢できなくてさ。気がついたら部室で脚立を振り上げてたし、言った奴を殴ってた」

何も言えなかった。

福家が、手に持ったコーヒー缶を飲み干す。

「まあ、そんな家庭の事情、誰にも言ってないし、向こうだって知らないからしょうがないんだけどさ、なんで殴ったんだって訊かれて、〝箸の持ち方のこと言われたからです〟って言いたくなくて。それ言ったら、自分の家のことも説明しなくちゃならなくなるだろ？　家が苦しいなんて可哀想に、って憐《あわ》れまれるのも嫌で、そんな事情があったなんて知らなかった、ごめんねって謝られるのも嫌で、〝なんか、むかついたから殴った〟とだけ言った。ま、謹慎で済んだのはラッキーだったかも。退学になったら、目も当てられなかったから」

福家のことは、気にくわなければ、理由無く人を殴る女、としか思っていなかった。

竜の首にも、絶対に触れてはいけない〝逆鱗〟があるというけれど、人間の聖域というのは、どこにあるのかわからないものだと長部は思う。それは決して触れたり踏みにじってはいけない、大切な場所なのだろう。

「そんなわけで、謹慎が明けて、内申点稼ぎのために、誘われるままサイエンス部に入った。誘ったのは真田先生」

「そうだったんだ……なんかごめん」

「何が」

「いや、ちょっと誤解してた。気にくわないと、いきなり殴る、みたいに聞いてたから」

同じ部活でも目も合わせもしなかった。福家と、ちゃんとしゃべったのは初めてだった。もしも、部活のときに少しでも、福家の話を聞く気があれば。

「いいよ別に。慣れてるし。そんなもんだろ」

長部は、福家のくれたコーヒー缶を、じっと見つめる。

「でも、良かったって言ったら変だけど、良かった……と思う。福家さんがそのとき我慢しなくて」

長部は、自分でも何を言ってるのかわからなかった。口から言葉がぽろりと出たのだ。

福家が苦笑交じりに、「はあ？　何？　部長、殴りたい奴いんの？　ダメだって。あたしも、もうちょっとで警察沙汰になるところだったんだからな。向こうの親も、裁判だ弁護士だなんだって、もー大変。殴るのはやめときな、後が面倒だから」と言う。

長部は思う。福家がもしも部室の前で、歯を食いしばって我慢していたら、ずっと一生、あのとき何も言えなかったと、悔いていただろう。殴ったのは確かに福家が悪いが、そんな風に、人生の大事な場面で、感情や怒りを即座に表せることを、長部は羨ましく思った。怒れるときに怒れる福家は、ある意味ずっとまともなのだ。

「ま、そんなだからさ、二十日はバイトだし、カメラは触りたくないから行かない。でもまあ……真田先生に手紙をもらうのは予想外だった。こんな風に、昔のことを話せるようになったのも、あれからだいぶ経ったからかもしれない。自分でもまあまあ稼げるようになって、弟もバイトし始めて、昔みたいにカツカツじゃなくなったのも大きいかも。こんな話、なんで部長に話す気になったんだっけ。まあいいや」

きっと、お互いに、もう会わない人間だとわかっているからだ。近くないからこそ、言える話というものがある。

もう断られているのに、まだ福家に食い下がるのは怖かったが、今を逃すと、もう言う機会は二度とやってこないような気がして、「ごめん福家さん、後ひとつだけいい？」と言った。

「福家さんが二十日にバイトなのも知ってるから、言うだけ言わせて欲しいんだけど、わたしは先生が亡くなる前に、わたしたちにどんな謎を残したのか、その答えがどうしても知りたい。もしかして、みんなでその日に集まることで、この謎が解けるんじゃないかと思う。だから、私は福家さんにも来て欲しいんだ」

福家が、苦笑交じりのため息をついた。

「何マジになってんの部長」

そうなのだ。自分でもなんでこんなにムキになっているのだろうと思う。先生も亡くなっているのに、今さら。

「バイトでも責任があるからさ、休めないし。ごめん」

仕事に戻る時間だというので、福家を見送る。福家は「じゃ」とだけ言い、ちょっとだけ手を振って、コンビニへ戻っていった。

砂糖、子供用プール、巨大な凧、そして福家は、カメラ。

自分の砂糖はわからないけれど、やはり、真田先生の何らかの意図を感じる。

＊

黒瀬からメッセージが来て〈殴られなかった？〉なんて書き込んである。〈福家さん、話してみると、そんな悪い子じゃなかったよ。まあ、事件のことも、話してみると納得だった。理由もちゃんとあったし。確かに殴ったりするのはやりすぎだけど〉

〈へえ、理由って何〉と訊かれたが、それは福家と自分の間だけの、大事な話だと思ったから、陰口とか、もめた原因があってとぼかし、準備物について報告した。

〈ほら、準備物、福家はカメラってことは、やっぱりひとりひとり意図があるんだよ〉と黒瀬が書き込む。

〈意図ってどんな？〉

〈そこまではわからない。後のひとりで、しっかりわかるんじゃないかな……〉

五人目　若松修一

黒瀬の朝のメッセージの返信で、〈今日は若松《わかまつ》くんのところへ行ってくる〉と場所を書いたら、〈おお、野球部の元王子。今ごろめちゃくちゃモテてるんだろうなあ……〉とメッセージが戻ってきた。

〈あいつ、タレントとかモデルになったらよかったのに。福家が元の部活のカメラだったから、若松ちゃんも元野球部ってことで、バットとか、ボールあたりじゃないかな》などと、勝手に予想している。

やっと最後の部員、若松修一《しゅういち》に手紙を渡せるとあって、気持ちもだいぶ楽になった。

長部の中で、若松は、他とは違った意味で苦手とする部員だった。若松は運動神経が抜群によく、野球部でもかなりうまい方で、友達だってたくさんおり、泥水の中の得体のしれない虫みたいなサイエンス部の部員にはそぐわない、よそ者という感じがいつもしていた。

当時はちょっと眩しすぎて近寄りがたいというか、途中からサイエンス部に入ってきたのだが、怪我で野球部を引退し、途中からサイエンス部に入ってきたのだが、調子に乗って近づいて、拒絶でもされたらもう立ち直れないと思って、なるべく接触がないように、彼ともまた目も合わせないようにして過ごしていた。話すのも必要最小限だった。

若松は就職しているようで、彼の会社の近くで、待ち伏せする。自分が若松のストーカーにでもなったような気分になって、通報でもされたら嫌だなと周囲を見回してしまう。誰かが通る度に、スマホを耳に当てて時計を見たり、「遅いなあ……」と小さく言って、小芝居をしたりしてやりすごす。

待っていたらようやく、疲れた様子をして、ネクタイをゆるめながら歩いてくる若松を見つけた。自分で見つけておきながらびっくりする。当時は肌もつやつやした美少年系の顔立ちで細身だったのに、太ったせいか、お腹回りにどっしりとした貫禄が出ている。同い年で二十歳のはずなのに、ずいぶん老けている。働くのって、大変なんだな……と内心思った。

そのせいで、平常心で声をかけることができた。

「若松くん、わたし、長部です。サイエンス部の」

誰ですか？ と冷たくあしらわれたら嫌だなと思っていたが、どこでも人気者だった若松らしく、親しげな笑みを浮かべるのでほっとする。

「ああー、部長？ 部長だよね？ 久しぶり、どうしたのこんなところで」と言うので、手短に、真田先生からの手紙のことを説明しようとした。

「そうか、俺たちそういえば、当時はあんまりしゃべってなかったよね。なんか新鮮だな。立ち話も何だし、俺おごるよ。そこの居酒屋でいい？」と言う。

「えっ、いいよ悪いし」と固辞したが「いいのいいの、昔のよしみだから。プチ同窓会って事で」と言う様子も、なんだか世慣れている。

注文を取りに来た店員に、自分の生ビールと、長部のウーロン茶、それからつまみをいくつか手早く注文する。おしぼりで顔を拭いて首も拭き、ああー、と一息つく様子が、おじさんめいて見える。

何となく、生ビールとウーロン茶で乾杯した。

天国宅配便により、真田先生の亡くなった後に配達された、不思議な手紙のことを説明する。若松も同じく、サイエンス部のことも、真田先生のことも記憶が薄れているようだった。

問題の手紙を渡す。

「それがね、準備物がひとりひとり違うの。わたしは砂糖、黒瀬くんは子供用プール、池田さんは大凧、福家さんはカメラ。で、最後のひとりが若松くん。五人の準備物が揃えば、真田先生が亡くなる前に、わたしたちに何をしてほしかったのかわかると思う」

長部は、若松が手紙に目を落としている間じゅう、じっとその答えを待った。これで、すべてが解決する、最後のピースとなるはずだ。

「手袋」

「えっ」

若松が手紙をこちらに見せる。確かに手袋とある。最後のピースとなるはずが、ますますわからない。野球にもまったく関係が無さそうな準備物だ。

「あっ、でも野球って手袋するよね？」

「手袋っていうか、バッティングのときのバッティンググローブだったら、そう書くはずだと思う。真田先生はそういうところきっちりというか、いかにも理系って感じで細かかったから。だからこれは、ただの手袋なんだと思う」

最後になんら若松と関連性の無い「手袋」が来たことで、今までが偶然で、やはり先生の意図なんてなかったのでは、という風に気持ちが傾いてくる。

「これで五人の準備物が揃って、謎が解けるはずだったのに」

この準備物が全部揃ったとしても、何ができるとも思えない。

「若松くんはどう思う？」

「子供用プールにみんなで入って、砂糖を舐めたりして、屚揚げするところの記念写真を撮る会かも……」

「手袋は」

「おしゃれのため？　かな」

黙り込んでしまう。

「若松くん、三月二十日はどうするの」と訊いてみる。

「今、仕事が忙しくて、ノルマもあって、それどころじゃなくて……さすがにもう学生じゃないから、平日には無理だよ」と断られる。若松は高校卒業後に就職した飲料関係の会社で営業をしていると言う。もっともな話だ。もっともすぎて、食い下がることもできない。

若松が、「でもその日、集合場所に行ってみれば、何かわかるかもしれない。部長は行くんだろ。他の部員達も」と言う。

答えに詰まる。

「実は、若松くんも含めて、誰も行かないって言ってる。わたしも、謎は謎で気になるけれど、わたしひとりだけ行っても、仕方がないから……」

若松はビールを飲み、困ったように笑った。

「そうか。真田先生には悪いけど、もうみんな、昔とはいろいろ違うものな」

その声を聞いて、なぜかとても寂しくなった。いい思い出がなかったサイエンス部のはずなのに、無性に懐かしかった。

＊

〈若松くんの準備物は、手袋だった〉と黒瀬にメッセージを送る。〈なんだそれ？五人目ですっきりわかると思ったら、ますますわからなくなったな……〉と黒瀬も考え込んでいる様子。

しばらく間があいた。

〈俺たちの謎は、結局謎のままで終わるんだな〉

〈うん。しょうがないよ、みんな仕事とか、いろいろ事情があるから。ひとりで行っても意味がないから、私も行かないつもり〉

〈部長。今までありがとうな。お疲れさん！〉

それきり、黒瀬からのメッセージは途絶えた。あれだけ面倒だと思っていた、朝のくだらない名言とか目標達成率とか、怪しげな自己啓発本の受け売りとか、そういうものも一切来なくなって、せいせいした、と思いきや、なんだか心の中に乾いた風が吹くように思う。

元からひとりだったのに、もっとひとりになったような気分だった。

もう二度とサイエンス部のみんなと会うこともないだろうと思う。みんなそれぞれの人生がある。真田先生のために集まって何もできなかった、ダメな部員たちばかりで、先生、がっかりしているだろうか——と、真田先生の顔をぼんやり思い浮かべる。

いや。元からダメな部員ばかり揃っていたし、部活だってナアナアでやっていたし、今だってみんなたいして良くなってもないんだから、先生だって、きっとわかってくれるだろう。

最初からダメな人間は何をやったってダメ。ゼロに何をかけてもゼロなのだ。

でも、真田先生の残した謎。あれはいったい何だったんだろう。

ワクワクしてるなんて黒瀬が書き込んできたときには、馬鹿なの？　と思ったが、自分だってワクワクしていたことに、今さらのように気がつく。

〈長部ちゃん、またいつものノートよろしくね〉

友人からメッセージが届いていた。

そうだ、そんなことより、コピー前にノートを見やすく整理しなければと、長部はノートを開いた。

三月二十日

例の、コピーしたノートを友人たちに渡すと、「長部ちゃん、ほんとに助かるー！親友！」と代わる代わるハグされた。「あのこれ、コピー代どうしよう」と向こうも一応訊いてくるが、「いいよいいよ、こんなのちょっとだし」なんて心にもないことを言ってしまう。

「そう、ごめんねー」

親友なんて言ってハグしているけれど、ノートを貸さなければこんな関係、一瞬で終わる。

「ね、長部ちゃん、あのね、まだ頼みがあって……」と他の教科まで頼まれて、さすがにもう、内心、勘弁して欲しいと思う。

お願い、と頼まれて、返事をする前に、「あっごめん、呼ばれてる、もう行かなくちゃ」と、そのまま連れ立って、長部の前からみんな行ってしまった。

三月二十日──

結局、長部はひとりだけで馬鹿みたいだとは思ったが、砂糖を持って、現地に行ってみることにした。何もなければ、ただ散歩して戻ってくればいいのだ。目的地は高校のそばの土手で、よく知っている場所だった。

部員のうち、ひとりも行かないのは、さすがに先生が気の毒に思えた。約束は果したので、化けて出ないでくださいねという、先生への、一応の供養の気持ちも込めてだった。

昼下がりの土手は気持ちよく晴れて、青空に雲がゆっくりと流れていく。まだ肌寒いが、もうすぐ春になる前の光のようで、日差しがあるところは、ぽかぽかする。見晴らしがよく、どこまでもまっすぐに道が続いていくようだ。

ふと見れば、土手の下の広場で、子供用プールを広げて、そこに悠々と手を伸ばして寝ている男がいる。

長部は驚いて立ち止まった。黒瀬だ。

階段を降りて、近くまで寄ってみた。

「黒瀬くん？ どうしたの、今日、セミナーとか言ってなかったっけ」

寝ていた黒瀬が目を開ける。まともに光を受けたのか眩しそうに、手で庇《ひさし》を作った。

「おお部長。いやさあ、俺、幹部の奴と喧嘩してさあ、結局セミナーも会合も出禁になっちゃった。〝君の高校時代の思い出とやらは、この会合よりも利益を上げられるのかい？ 過去なんて忘れて、未来志向で行こうよ〟じゃねえよ、何が未来志向だよ。何でも利益利益言いやがって。馬鹿にするなって」

嫌そうに顔をしかめながら言う。

「俺、なんかこの前の手紙で、プールのこと思い出して、押し入れから引っ張り出してみたら、いろいろ懐かしくなってたんだよな。ま、出禁にもなったことだし、とりあえず行ってみっか、ってなったんだ。じゃあさ、ふたりで砂糖でも舐めようぜ」

「嫌だよ、何の会なの」と笑う。

「これはさ、きっと真田先生を、あの世から現世に召喚する魔法陣なんだって」など
と、黒瀬がむちゃくちゃを言う。

すると、「おーい」と声がした。

長部は目を疑う。土手の上から、スーツ姿のままの若松が手を振っていた。

若松も階段を降りてきた。

「おお若松ちゃん。今、部長と、プールの中で砂糖を舐める会をやってたんだ。ま、ふたりとも入りなよ」どうぞどうぞとプールの一角をあける。

「なんだその会」と若松も笑う。額のところにヒョイと手をやって、若松が革靴を脱ぎ、本当にプールの中に入るので、長部も続いてプールに入った。空のプールの中に、ひざを突き合わせて三人で座るという奇妙な体勢になってしまった。

「若松くん、仕事大丈夫なの？」

「〝すみません！　急に腹が痛い！　これ伝染《うつ》るやつかもしれない、すみませんすみません〟って腹を押さえてうんうん呻《うめ》いたら、〝今日はもう帰れ〟って言われたから帰ってきた」と若松が言う。「一応、手袋も買ってきたけど、これ何」

「真田先生の召喚魔法だよ」

「嘘つけ」

若松も笑った。

ふと、視線を土手の向こうにやったら、人影が見える。長部は驚いて立ち上がりかけた。遠くから、のそのそ歩いている影だが、背負っている物がひどく大きいので、不思議な虫のようなシルエットになっている。

「あっ。あれ、ええと誰だっけ……」と若松が言うので「池田さんだよ」と教えてやる。

「おーい池田さん」と手を振ったら、プールの中にいる三人を見てぎょっとしたのか、一瞬立ち止まる。

「池田さん、なんか荷物多くね？」

池田はゆっくりと階段を降りてくると、背中の荷物を下ろした。

「池田さん、もしかして、設計図の凧、完成したの」

「なかなか家を出られなかったから、テストができなかった」と言いながら広げるそれは、ものすごく完成度の高いものとなっていた。ひし形が二重になった凧部分と、その下にぶらさがる、紐のような部分が付いている。材質は光沢のある紙で、骨組みまでちんと塗装されている。一般的な爪というよりも、SF映画で見る宇宙船のような不思議な形だ。

「テストがまだだから、揚力がどこまで出せるのか、まだ不確か」

「すげえじゃん。池田さん、昔から美術の立体制作もうまかったものな」と黒瀬が言うと、ちょっと照れたように「何か作るのが好き。プラモデルとか」と言う。その後、男性陣と何やらプラモデルのマニアックな話になった。

「アンタら何やってんの。あやうく通報するところだった。怪しすぎだろ」と声がする。見れば福家が、首から古いカメラを提げている。背中に担いだのは三脚らしい。

「あっ、福家さん」と、黒瀬がちょっと緊張した声になる。

「福家さん、来ないと思ってた」と長部が言うと、「まあね」と返し、「母ちゃんがさ、〃先生のためにも行っておいで〃って、カメラも出してくるからさ」と、黒いカメラを示す。おじいさん愛用のカメラとあって、年季が入っており、ところどころ、黒い塗料の下から金色の地金が出てきていて、それがとても素敵に見えた。前にASAHI PENTAXと書いてある。

せっかくなので、記念撮影でもしようかという話になって、三脚にカメラをセットし、みんなで狭いがプールの中に入る。真ん中を開けておいた。

「えーあたしがセンターなの、ま、いっか。じゃあさ、このつまみがジーッて言うから、音が消えたらシャッター切れるからよろしく」

全員ちゃんと入るか確認して、小走りで福家がこちらにやってくる。

五人揃って狭いプールに入ったら、笑いがこみ上げてきた。

「俺らこんなとこで何やってるんだろ……」

「儀式」

「何の」

ひとりが笑うともうダメで、みんな、げらげら笑ってしまった。

サイエンス部のみんなで、こんな風に笑える日が来るなんて、高校のときは想像もしなかった。

そこへ、「こんにちはー！」と大きな声がする。見れば、土手の上に大きな荷台のバイクが止まっており、七星がまたがっている。バイクを降りると、ヘルメットをはずし、ぴょんと跳ねたショートカットが風に揺れた。七星は荷台の中から、灯油の入れ物に似た重そうな容器を「せえのっ！」と、かけ声を出しつつ、三つ出してきた。少し中が透けて見えて、なみなみと液体が入っているのがわかる。

「言ってた、天国宅配便の人」と、長部が他の部員たちにも説明した。

その容器のひとつを持って、七星が階段を降りてきた。地面に置くと、どすん、という重量感のある音がした。

「サイエンス部のみなさん、全員お集まりなの、さすがですね。こちら、真田先生からのお届け物です。上にまだ二本あるんですが、水と、こちらの液体は、真田先生が、一ミリリットル単位で研究に研究を重ねた、真田先生独自の配合の洗剤です。湿度も気温もばっちり、今日はすごいのができますよ！」

水と洗剤……湿度……すごいのができる……

あっ、と全員の脳裏に同時に浮かんだのは――

「ああ、シャボン玉か！」

全員で声を合わせていた。

それならつじつまが合う。みんなで手分けして土手の上から下の広場まで荷物を運び、プールの中に洗剤と水、砂糖を入れた。

黒瀬が、「で、これで？　どうやって作る？　肝心のシャボン玉を吹くものがないな。ストローでも買ってくるか」と言うと、池田が無言で爪を示した。

大爪自体は筒のような独特な形だが、下に垂れ下がるおもりのような部分がある。普通の爪だとおもりは長い紙だったりするのだろうが、その大爪のおもり部分は、針金を芯に毛糸を巻いたロープのようなものでできており、下が繫がって輪の形になっている。

池田が爪から垂れ下がる、そのおもりの部分を手に持った。

「重心を取るには軽すぎると思っていた。シャボン玉液で濡れたら、確かに重みのバランスは取れるはず。重みが増えた分、これを揚げるためには強い揚力が必要で、揚力を得るには風も要るが、スピードも要る」

池田がスピード、と言ったときに、同時に視線が集まった。若松だ。

「じゃ俺か。俺だな」若松はスーツの上着を脱ぐと、ネクタイを外し、シャツを肘までめくった。その場で、慣れた様子で屈伸、アキレス腱のばしなどの準備体操をし始める。

「俺、肘を壊して野球辞めちゃったんだけど、足はまだ、速い……はず。何せ小学生の頃から、プロ目指してずっとやってきたからな」筋肉を確かめるように、とんとんとんと軽くその場で跳んだ。

若松が買ってきた手袋をはめると、池田は大爪のおもり部分をプールのシャボン玉液に浸した。長部と黒瀬が、中央の池田を支えるように、横から大爪の縁を持つ。

「決定的瞬間を撮れって？ そんなのあたしじゃないと撮れないし」福家もカメラを

構える。若松はタコ糸を掴んだ。みんなの見守る中、若松が一気に走り出す。まだ二十歳なのに、疲れたおじさんみたいだと思ってはいたが、走る姿はさすがにフォームも良く美しく、素晴らしい速度で進んでいく。どんどん加速していって糸がピンと張り、一気に凧は空へと揚がる。

空へと昇りながら。

ぬるり、という感じで。

見たこともないような大きさの、シャボン玉が浮かんだ。

わあっ、とみんなの歓声が上がる中、長部は思い出していた。

サイエンス部で、何かのコンクールに応募してみようかという話になって、誰ひとり乗り気じゃないので、これといった意見も出ず、シャボン玉とかやりたい、と誰かが適当なことを言い出して、みんなで中庭に出て、シャボン玉で遊んだことがあった。

高校生にもなって、久しぶりにやるシャボン玉は、なんだか懐かしくて、中庭で吹きまくった。

そんなとき、もう言ったのが誰だかはわからないが、〝シャボン玉のギネス世界一位って、どのくらいの大きさなんだろう〟みたいな話が出て、真田先生が、〝じゃあ今度、大きさに挑戦してみましょう〟と言ったのだ。次の部活では、巨大シャボン玉をやるのもいいな、という話も出たはずだ。

それから真田先生は体調不良でお休みが続き、そのまま卒業、その件はうやむやになってしまった。

みんなで代わる代わる大凧を揚げて、何度も巨大シャボン玉を作ってみる。シャボン玉ができる度に歓声が上がり、ワアワア言いながら大騒ぎになった。長部も久しぶりに全速力で走って、息が切れる。

さんざん遊んでシャボン玉液が尽きた頃、七星が言った。「さすが誉《ほま》れあるサイエンス部のみなさん。今さっきできたシャボン玉、ギネス記録くらいあったんじゃないですかね」

〝誉れある〟などと言われて、微妙な表情になる長部と部員達だったが、褒められて悪い気はしなかった。

七星が「お撮りしましょうか」と言って、福家のカメラで集合写真を撮ってくれることになった。福家がピントなどを調整して、七星にカメラをそっと渡す。「ここ押せば写るんで」

並ぶ全員の前に、大凧と子供用プールがあるという、妙な雰囲気の集合写真となってしまった。

撮り終わった後、長部は七星に訊いてみた。「あの、手紙を渡す時点で、シャボン玉ってことは、知ってたんですか」

「ええまあ、でもシャボン玉のことは真田先生から、当日まで極秘事項だとお聞きしていたので、何も言えなかったんです。すみません」

黒瀬がしゃがんで、そっと子供用プールに触れる。

「でも俺が、近所の子供の面倒見てたのとか、ほんと、先生もよく覚えてたな……先生、聞いてないようで、ちゃんと部員の話、聞いてたんだな……」黒瀬の言葉に、みんな、急にしんみりとなる。

そうなのだ。

黒瀬にプールを持ってこさせ、手先の器用な池田に設計図を任せて、写真のうまい福家に写真を撮らせた。走るのは、速さに定評のある若松。

みんなにみんなの役目があって、得意があって、先生はそれを見抜き、的確に任せた。

じゃあ、自分は何なのだろうと、長部は思う。ただ、名前が〝部長〟に似ているからと、無理矢理押しつけられた部長だからやっただけであって、人望があるわけじゃない。それに、先生の思いがこもっているような手紙を、とりあえず手元に残したくなくて、みんなに渡しに行った。ただそれだけだ。

長部は七星に、「あの……先生は、なんでわたしなんかに、手紙を任せたんでしょう」と、何気なく訊いてみた。

「そりゃ長部さんがブチョーだからじゃん」と、福家が横から言う。

七星は、長部の顔をじっと見つめた。

「真田先生、こうおっしゃってました。〝どの子もひとりひとり、僕の自慢の部員たちですが、僕がこの計画で一番頼りにしているのは、長部さんです。長部さんは真面目で責任感があるから、たとえ部員がどこにいようと、絶対にこの手紙をみんなのところに届けてくれます。大変でも、きっと最後までやりとげてくれる。部員のみんなと話をしてくれる、長部さんは、そういう人です〟って――

これはわたしの配達人としての個人的な意見ですが、わたしは全員に手紙を渡すのは難しいと思っていましたし、全員をこの場に集めるのも不可能に近いと思っていました。でも真田先生の言う通りになった。さすがはサイエンス部のリーダーです」

いや、別に、そんな。わたしは……、と言おうとして、長部はなぜか喉が詰まって、鼻の奥がつんとする。もう何も言えなくなってしまった。

いつだって、人の顔色ばかり見てその場をやりすごしていた。サイエンス部でもそうだった。誰の思い出にも自分の姿なんて残っていないだろう。それでも真田先生は覚えてくれていた。自分だけでなく、みんなのことも。

長部の背中を、福家がさすりながら言う。「まあ確かに、頼んだのがあたしだったりしたら、知らねってなってたのは確実。真田先生、見る目あるんだよ」

その声は優しくて、なんだか視界がぼやけてくる。背中の福家の手が温かい。

「部長、泣くなよう」と黒瀬も言うが、即座に福家が「ま、黒瀬がもう一回バイト先に頼みに来たときも、黒瀬だけだったら絶対行かねえと思ってたから」と返す。

「黒瀬くん、行ったの？」驚いて鼻声のまま長部が訊いたが、黒瀬は知らん顔でとぼけている。福家が横で笑っている。

「来たよ、バイト先のコンビニまで。〝あの人間関係ほんとに苦手そうな部長が、ひとりひとり、わざわざ訪ねて頼みにいったんだからさー、頼むよう一、二十日、集まろうよ〟とか言って。しつこいぞてめえぶん殴るぞ、と思ったけど、まあブチョーが真面目に頼みに来たのは、本当だしな」

「でもわたし、あのとき行かないって言ってたのに。誰にもここへ来ること言ってなかったのに」

「部長は部長だから。最初から、他の奴はともかく、部長まで行かないとかは、ないと思ってた。それは絶対にない」と黒瀬が言うと、池田も、福家も若松も、みんな頷いている。

池田が「黒瀬さんは、うちの家にも、来た」と言うので驚いてしまった。「え、お母さんは？　大丈夫だったの？」

「あーお母さんね、俺も同じくらい同時にしゃべったから」と黒瀬が得意げに言う。いったい、どんな雰囲気になったのだろう。

若松も「来たよ、俺のとこにも」と言うのでまたしても驚く。「〝先生のためでもあるし、部長のためでもあるし、みんなのためでもあるし〟って」

僕の自慢の部員たち――

自慢の――

先生の声が蘇る。自分では臆病な真面目さ、卑怯な真面目さだと思っていて、こんなの何の加点にもならない貧乏くじだと思っていた。

理科室で過ごしたあの時間はもう、どれだけ願おうとも戻ってこないのだ。なぜもっと先生と話さなかったんだろう。なぜもっといろいろ活動しなかったんだろう。

七星が、すうっと息を吸い込んだ。

「ここで真田先生から、みなさんに一言伝えて欲しいとのことです！」

七星の声は晴れ渡った空に素晴らしくよく通る。

「サイエンス部のみなさん！　卒業、おめでとうございます！　成人、おめでとうございます！」

そうだ。今年の三月二十日は平日でも、二年前の今日は第三土曜だった。

卒業式の日だった。

若松が、「え、待って、真田先生、俺らの卒業式って出席してたっけ」とつぶやいた。

福家も首をひねる。「どうだったかな、いや、そもそも真田先生は、担任持ってなかったし」

「サイエンス部も、引退とか無くて、知らないうちに無くなってたしな。下の代の部員とかもいなかったから」黒瀬も言う。

真田先生は休みがちになっていたし、たぶん、体調のせいで、卒業式には出られなかったんだろう、と長部は思う。そしてたぶん、この五人が卒業するところを、とてもとても見たかったんだろう、とも。みんなが二十歳に成長した姿も。

福家が撮った写真は、フィルム写真だったので、現像して、送ってくれることになった。みんなで連絡先を交換し合う。福家に写真は一枚いくらで現像できるか確かめた。長部が送料も含めてざっと計算して、だいたいの額を集めて渡した。

はっと見たら、池田のスマホが振動し続けている。画面に「母」と表示されていた。

「さっきからずっと鳴ってるけど、いいの池田さん」と若松が言う。「それだけかけてくるってことは、家で何かあったのかも」と、心配げだ。

「いいの」

池田は少しためらう表情を見せたが、意を決したように、着信を切った。

長部が、「もし良かったら、うちに避難しておいでよ。わたし、下宿先でひとり暮らしだから、いつでも」と言うと、池田の強張っていた頬がゆるみ、かすかに笑った。

黒瀬がプールを丁寧に畳む。

「でもまあ、俺、なんか懐かしくなったから、今年はまた、プールやろうかな。〝ありがとうお兄ちゃん〟とか言われて、けっこう楽しいんだよな……」

「じゃあうちの子も交ぜてくれよ」と若松が言った。

「ええっ若松くん子供いるの？」と驚いて声を上げてしまった。この落ち着きようは、それでだったのかもしれない。

「一歳の双子だから、もう毎日ヘトヘトよ。久しぶりに全力疾走したから、明日あさって筋肉痛だなこりゃ」と言うと、みんな笑った。

ふと後ろを振り返ると、七星が土手の上に置いてあったバイクの方へ歩いて行くのが見えた。シャボン玉液の入った容器はいつの間にか片付けられている。

「配達員のおねえさーん」黒瀬が手をメガホンのようにして叫んだ。バイクの前に立つと、七星は帽子を取ってこちらを振り返り、綺麗に一礼した。

長部は、七星が真田先生とやりとりしていたことに思い当たり、はっとなる。亡くなった人のお届け物を預かる仕事だ。真田先生だけでなくて、いろんな人との別れを見てきているのだろう。

七星はエンジンをかけると、一度だけ、ちょっと片手を挙げて、走り出す。

＊

新年度始まって早々の講義で、月二回の小テストが実施されることが発表されると、その話を聞きつけたらしき友人たちが、さっそく長部の元へやってきた。

「ねえ、お願い、いいでしょ。わたしたち友達なんだから。今までコピーずっとくれてたじゃない」

長部は緊張しながら、一呼吸置く。手のひらに汗がにじむのがわかった。

「ごめんね。もう、そういうの、やめようと思って。ノートが欲しいなら、出席した方がいいよ」

言うなり、数人で聞こえよがしに「何あれ」「むかつく」などと言い捨てて行ってしまった。自分にあからさまに向けられた悪意はやっぱり恐ろしく、胸が締め付けられるようだった。でも、ぎゅっと拳を握って持ちこたえる。あのときみんなで空高く揚げた、凧の糸を摑むように。

そう、わたしたちは誉れある元サイエンス部。わたしはその部長。流されるままに動いていたら、きっと真田先生を悲しませてしまう。

福家から、手紙が届いた。〈また集まろ。面白かった〉と、メモ用紙にぶっきらぼうに書いてあって、福家らしいなと思った。

中には大きく伸ばした写真が入っていた。

ダイナミックにさした光が絵画のような陰影を描き、全力疾走する若松の前傾、みんなで手を離した凧は空へと舞い上がり、吹いてきた風が、写真半分ほどにも大きなシャボン玉を膨らませる。

他の写真もあった。タイマーで撮った、みんなで笑いをこらえきれなくなっている写真、七星に頼んだ集合写真も。

みんないい顔をしている。

今、真田先生はこの世のどこにもいないけれど、それでも。長部は、笑って土手で部員たちを見守る、真田先生の姿を思った。

この写真は、真田先生が見るはずだった景色だ。

真田先生がどこにいてもきっと届くように、想像の中、長部は空高く凧を揚げる。

エピローグ

バイクを止め、エンジンを切る。七星がヘルメットを脱ぐと、五月の風が気持ちよく髪に通った。髪が変に跳ねていないか、バイクのミラーで右、左を向いてチェックして、きちんと帽子をかぶる。

「天国宅配便」と白い羽根のマークの付いた荷台から、注意深く本日のお届け物を取り出した。

七星は、芝生の庭のお家を目指して歩く。芝生の隅っこに、大きな自転車と、車輪の径の小さな自転車が並んでいるのが見えた。色はお揃いの水色だ。手にしているお届け物の包装紙も水色で、七星は、家族ってやっぱり好みが似るのかなと、ふと思う。

もうすぐ約束の時間だ。秒針は八秒前を指している。家を訪ねる前は、いつも緊張するので、そっと深呼吸をしてから、呼び鈴を押す。

ドア越しに、トトトと奥から駆けてくる音が聞こえた。去年よりもずっと音は大きく速く、ドドドまではいかないまでも、きっと大きくなったんだろうと予想をつける。

扉が開いて、少年が待っていたかのように、照れた顔をして出てきた。いかにもかけっこが速そうな、活発な少年だ。後ろからお父さんも「ありがとうございます」と礼を言う。七星は内心、ほっとした。

この家には、成人するまでの間、子供の誕生日にプレゼントを渡して欲しいという母親の依頼で、毎年来ているのだった。

その母親は、少年が五歳のときに亡くなった。今年で三年目となる。

最初の年、少年は何が何だかわからないようで、七星から荷物を受け取っても、ただ包みを持ってぼんやりしていた。お父さんも説明してくれたが、あまりよくわかっていない様子だった。七星は、少年の目線までしゃがんで、「開けてみてください」と言った。「お母さんからのプレゼント、お届けにきました」

その年から、玄関で包みを開けるのは、少年と七星の間の儀式のようになっていた。

今年も、「開けていい？」と少年が言うので、「もちろんです」と応える。

少年は、そっと包装紙を開ける。中には『エルマーのぼうけん』の本が入っていた。

お母さんからの手紙も。

お母さんは司書で、大の本好きだった。そのため、一年に一冊、おすすめの本を贈っていたのだった。少年が二十歳になるまで、本は全部で十五冊ある。「どれもわたしのとても好きな本を選んだんです。わたしはいなくなるけれど、本を読んでいるときには面白いな、楽しいなっていう気持ちで、裕太《ゆうた》と繋がれるかもしれないから。気に入ってくれるといいな」

少年は、一年前よりずっと背が伸びた。横に丸々していたのが、縦に伸びてきて、ひざ下もすらっとしている。この分だと背は伸びそうだ。二十歳になるまでに、背は抜かれるに違いない。七星は、この姿を、お母さんはどんなに見たかったろうと思った。裕太くん、こんなに大きくなりましたよ。漢字だってすいすい読んじゃいますよ。お母さんそっくりで、本が大好きに育っていると思いますよ。そっと心のうちでつぶやく。

そのうち反抗期になって、ガラガラ声で本を受け取ったりするようにもなるかも、なんてことも思ったりする。

一応、お母さんとの約束通り、届ける前日に、父親に確認の連絡を入れることになっている。もしも新しいお母さんが来たら。もしも少年に彼女ができたら。もしも引っ越して環境が変わったら。人生には変化はつきもので、それはもう誰にも止められないものだけれど――それでも、七星は、この本のプレゼントをあと十二冊、無事に届けられたらいいと思っている。

今八歳。これからいいことも、辛いこともたくさん経験するだろう。眠れなくて、お母さんの本を手に取り、読み返すような夜も来るだろうと思う。

お母さんはもういないけれど、裕太くんのことをとても大事に思っていたということは、この十五冊の本で、きっと伝わるんじゃないかと思うのだ。お母さんが、遠い川の向こうに行ってしまっても。

七星は、「お誕生日おめでとうございます！　また一年後に！」と明るく言って、お父さんと息子に礼を言い、その家を後にした。

次は依頼の受け付けがある。事務所に戻ろう。


天国宅配便の事務所は、レトロなビルの二階にある。レトロと言えば聞こえはいいが、ただの古いビルだ。でも七星は、その照明の昭和っぽい古さも、がっしりした階段も好きだった。ちん、と音をたてる旧式のエレベーターも、消火栓と書いてある字体の昔っぽさも味があっていいと思っている。夏はそのビルの一階のエントランスに、よく近所の猫がごろりと涼みに来ている。三階は写真ギャラリーで、展示のお知らせの看板が出ている。今回はパリの路地らしい。展示を見に行く人たちはエレベーターで行くようだが、七星は事務所まで階段を一段飛ばしで上っていく。

事務所の扉には白い羽根のマークがあり、開けて中に社長だけしかいないとわかると、「ただいまかえりました！」と元気よく声を上げた。

パソコンに向かっていた社長が、ちょっと目を上げて「……お疲れ様」と抑揚のない低い声で言う。七星は自分の机のチョコをひとつつまんで食べ、手足をストレッチさせる。

社長は何かを打ち込み終わったのか、たん、と丁寧にキーを押す。銀縁の眼鏡のせいなのか、何となく将棋がうまそうだなと七星はいつも思う。いつか、〝社長、将棋うまいです？〟と訊いてみたことがあったのだが、〝崩して音がしたら負けのやつしかしたことない〟と言われて、ふうん、将棋がうまいのは顔だけか、と思った。

「元気だった？　裕太くん」

「『エルマーのぼうけん』喜んでました」

「しましまの竜が出てくるんだよな。いじわるなワニとかも出たりして」と、つぶやいてまたパソコンに戻る。

天国宅配便はそのサービスの性質により、依頼の受け付けは相手の元へ足を運ぶことも多い。その場合は社長と七星とでふたりで出向く。一番多いのが病院で、家に出向くこともあるし、いわゆる老人介護施設に行くこともある。

今日の依頼人は、こちらの事務所まで来るとのことなので、応接室をきちんと掃除して、お茶菓子やお茶がきちんとあるかどうか、七星がチェックする。

本日の依頼人は牧野悦子《まきのえつこ》さん、五十五歳。娘さんに遺品の宅配を、との依頼だった。

天国宅配便を使いたいという事情には、本当に様々なものがある。七星は、もうこの仕事を始めて数年経つが、依頼人ひとりひとりにいろんな人生があり、いろんな託したいものがあることを知って、驚いていた。

例えば渡す相手にしても家族とは限らず、初恋の人（これは探すのも大変だったが、死に物狂いで探した）、お世話になった会社の先輩、ある同人誌漫画の作者なんていう宛先もあった。相手は人間ばかりではなく、遠くへ引きとられていく愛猫、思い出の木に、十五年通い続けた道場など。いろんな人が、人生の最後に、いろんなものを遺していく。

そのうちに、牧野が時間ぴったりにやってきた。肩や首のあたりはひどく痩せているにしろ、五十五歳にしては目の力が強くて、約束の時間には一分でも早かったり遅れたりしない、そういったある種の生真面目さを感じる。

挨拶を交わして、社長がこの「天国宅配便」の業務の説明をし、淡々と牧野に必要事項を訊いていく。七星は社長の隣で、記入用紙に内容を細かく書き込んでいく。

「娘さんの住所はこちらですね。お届けする品物は、形見となる貴金属のコレクションということ。お亡くなりになった後、何日後にお届けしたらいいかも伺えましたら、必ず、そのようにいたします。記念日などにお送りすることもできます」

次に訊かなければならないのは、最後にいつ会ったかだ。それによって、お相手にお届け物の件をどう説明するかが変わってくる。できるだけ、何の感情も込めないようにしているのか、ことさら、声のトーンを平たんにして社長が訊く。

「最後に娘さんにお会いになったのはいつですか」

「十年前です」

ということは、牧野は、娘と十年会っていないことになる。今、牧野がどんな表情をしているのか、つい盗み見てしまいそうになったが、やめた。七星は、記入用紙に視線を落としたまま、【十年】と書く。

「その間一度も」

「ええ」しばらく牧野は黙っていた。記入用紙から顔を上げると、牧野はどこか遠い目をしていた。

「お届けしたときに、こちらでお荷物の説明もさせていただきますが、娘さんに、手紙か伝言かはおありですか。よろしければ、一緒に届けさせていただきます」

「ありません」

いやにきっぱりとした口調だった。

「貴金属だけですか。指輪とかネックレスですよね、それは何かの思い出の品だったりしますか」

「いえ。特に思い出なんかは。でもかなりのコレクションですから、売り払えば生活の足しにでもなるかと」

硬い声だ。形見を、娘が売り飛ばすことを想定しているらしい。この天国宅配便には、いろんな背景のお客さんが来る。必ずしも円満な人間関係ばかりではない。事情を詮索してはいけないのだが、この様子を見ると、何かあるのだろうな、と思う。

事務所に、沈黙がおりる。

「変に思われるかもしれませんが、娘の麻衣《まい》とわたしはもう、道を違えてしまったのです。この先どうなろうと、もう娘の人生ですし。わたしは余命宣告を受けて、もう長くありません。渡せるものは確実に渡して、すっきりさせておこうと思っただけです」

社長は、穏やかな口調で尋ねる。

「普通の宅配便に依頼するのではなくて、弊社に依頼を下さったということで、本当は、何か伝えたいことが、おありなのではないかと……」

「いえ特に」と、牧野は取り付くしまもない。「普通の宅配便に頼まなかったのは、受け取り拒否されて戻ってきても面倒だからです。わたしが死んだ後に届くなら、受け取り拒否にあったとしても見なくて済みます。あちらはもう二度と顔も見たくないそうですし」

皮肉たっぷりの口調で言う。この牧野は、どうやら娘から、「もう二度と顔も見たくない」と言われているらしい。

——もう二度と会いたくない——

かつて自分の口からも出た、呪いの言葉を七星は思い出していた。

いつもは表に出さないようにしている暗い部分に、いきなり光を当てられたような気がした。岩をどかすと一目散に逃げていく虫たちのように、七星の思いも散り散りに乱れていく。

「七星」と社長が横から控えめに声をかける。どうやら何か問われたらしいのだが、完全に聞き逃してしまっていた。牧野も怪訝そうにこちらを見ている。

七星は慌てて頭を下げる。

「申し訳ございません。その……うちも、母とわたしとの関係はあまり良くなくて、同じだなと思って、つい……」

七星が弁解すると、牧野は興味を持ったようだった。「……あの、ちょっと個人的なこと訊いてもいいかしら」

「はい。何でもどうぞ」

「ちなみに、どうしてそんなにお母さんと不仲に？」

こんな個人的なことをお客様に話していいものだろうか。社長にもまだ詳しくは話したことのない話だ。七星がちらりと社長の表情を盗み見ると、頷いて話の続きを促しているようだった。

「わたしは、母の理想の娘ではありませんでしたから」七星は笑みを浮かべたが、うまくできているかどうか自信はなかった。「両親も、上の姉ふたりも勉強ができた方なのですが、わたしはさっぱりで。ずっと家の外で遊び回っていて、母にはいつでも心配をかけていて……」

両親は——特に母は、負荷をかければ必ず成績は上がるものだと信じて、七星に強制的に勉強をやらせようとした。あらゆる手を使ってもやる気を見せぬ七星にいらだったのか、一番下の娘の存在は家の汚点のように扱った。母の理想は、上の姉ふたりのように、誰にでも自慢できるような、従順で出来が良く控えめな娘だ。七星が反発しないわけはなかった。

牧野が深々と頷いている。

「そうよ。母親はね、単に心配なの、娘の人生が。小さいときから塾に入れて、年末年始も特訓して。いい教師をつけて語学もみっちりやらせた。将来苦労しないように、少しでもいい生活ができるように、安定した幸せを摑めるようにってね。親は必死なのよ」牧野は火がついてきたのか、どんどん早口になる。「でもそんな親の気持ちなんて全然わかりゃしない。教育にどれだけ費用が掛かるのかとか、世間はそう甘くはないとか、転ばぬ先の杖の親心とか、そういうのもまったくね!」

「すみません……」

まるっきり自分に言われているようで七星は苦笑いを浮かべる。聞いていると耳が痛い。

上の姉が有名企業に就職し、着実にキャリアを積んでいく中、七星は工場で期間工のアルバイトをしてお金を貯め、自分のバイクで日本各地を旅していた。いろんな土地を訪れ、知らないものを見て、またバイクで走る。あちこちで友達も作った。そういったあてもなく行く旅が何よりも好きだった。

親はもちろんそんな暮らしぶりを黙って見ているわけもなく、〝将来はどうするんだ〟〝そんな地に足を付けない生き方をして〟〝いいかげんちゃんとなさい〟と帰るたび叱られていた。顔を合わせれば大喧嘩だった。

「もうお母様に会う気はないの、あなたは」

牧野がじっとこちらを注視している。

七星が答えに詰まるのを見て、牧野はふうっと息をついて頷いた。

「親子は仲良くしなければならないなんて誰が決めたのかしらね。そんな法律がある わけでもなし、所詮は個々の人間なんだもの、相性の悪い母娘だって普通にいるでしょうよ。心の平安が保たれるなら、お母様と無理に会わなくてもまったく構わないと思う。あなたも何も気にすることはないわ」

「ええ、そうですね」七星は頷く。「結果的に、その通りに……。もう会えなくなりました。母とは」

牧野の目は、七星の目の奥を探るようだった。事実をやんわりとぼかそうとも思ったが、それは許されないくらい、真剣味を帯びていた。

「いつものように喧嘩していて、売り言葉に買い言葉で、〝もう二度と会いたくない〟と母に言ったのが、最後でした。バイクでいつものように旅に出ていた間に、急に。もう亡くなって五年になります」

牧野はなんとも言えない顔になる。

「そう、だったの……。ごめんなさいね」

いえ、いいんです、と七星は首を振る。

「元気で持病もなかったのに、本当に、ある日突然。脳梗塞でした」

——もう二度と会いたくない！——

——こっちだってあんたみたいなバカ娘の顔なんてもう二度と見たくないわよ！

——

本当にもう二度と会えなくなるなんて。

神様はどうかしてる。

姉みたいに成績が良くなりますように、もう親に叱られませんように。テストの点が良くなりますように。そんな願いは一度だって叶わなかったのに、なんでこんなときだけ勝手に叶えるんだろう。

霊安室の母の姿は、寝ているみたいだった。

喧嘩の続きなんて、これからいくらでもできると思っていた。謝ることも。

「……死は、誰も知らない遠い川の向こう側なんだと思います。行ってしまえば、もう誰にも、何も伝えることはできなくなる。引き返すことはもう誰にも無理です。だから」

七星は少しの間言いよどんだが、意を決した。

「もし牧野さんが、まだ娘さんに伝えられるなら、わたくしどものサービスを使うのもいいんですが、今、直接伝えた方がいいかもしれない、って思うんです」

ここは天国宅配便だ。依頼人はそれぞれ決意してやってくる。その思いに真っ向からぶつかることを当の配達人が言うなんて間違っているかもしれない。けれど七星は止めることができなかった。

「わたしも、母のすべてが好きというわけではないです。今でも許せないところはあります。でも、もしも出発前に戻れるなら、そうですね……とりあえず、最後に〝もう二度と会いたくない〟とかじゃなくて。〝うるさいけど、お母さんのことを大事に思ってたよ。いつもは言わないけどね〟って言うかもしれません。母のためにというよりは、自分のために。いや言わないかな……」

牧野は、しばらく黙っていたが、ぽつぽつとしゃべり始めた。

「うちの娘ね、お恥ずかしながら、十九歳のときにできちゃった婚をしたんです。頭を下げに来た相手の男は学のない職人で、娘にコンビニで声かけて付き合ったんだとか。家も貧乏、父親は不明、額には喧嘩のあとの傷、こんなチンピラみたいな男にやるために今まで育ててきたんじゃない！　って門前払いをしてね。そのときに娘が、今までお母さんのせいで、ずっと我慢して生きてきたんだって、母親のわたしにぶちまけて。〝お母さんはわたしを、ただ自分の思うように操ろうとしているだけだ、わたしは着せ替え人形じゃない！〟ってね。ここまでひとりで育ってきたみたいに、何を偉そうに」

その声は憎しみに満ちていた。

「結婚一年目、二年目、もうそろそろ失敗して帰ってくる頃だ、もう音を上げるはずだ、と思っていても、全然帰ってこない。それでも心配だから、娘のことは、興信所を雇って調べていたんです。相手の男は職人ですが、若くして親方として独立して、子煩悩で働き者。自分よりもっと若い子も雇ってね。従業員は、若い頃ぐれてたようなやんちゃな子たちで、でもそういったやんちゃな子たちにも慕われてて、娘もいっぱいおにぎり作って、差し入れしたりしてるんだそうです。みんなふざけて娘をお母ちゃんなんて呼んでね、娘も、その子たちが何か良くない振る舞いをしたら、遠慮なしに『こらっ！』なんて、たしなめたりするんだそうです。あんなに大人しかったのにねえ。こんな結婚うまくいくわけがないって思ってました。わたし、ほら見たことかって、言ってやりたかったんですよ。お母さんの言うこと聞かないから失敗したんだって。でもそうじゃなかった」

黙って聞いていた社長が、口を開いた。

「でも母親の気持ちとしたら、そうですよね。心配しますよ、それは……生活環境も価値観も違ったら、生活していて、すり合わせるのも大変ですし、お母さん側の気持ちもわかります。どちらかが悪いということはないと思います」

社長は未婚のはずで、それについては触れてはいけない雰囲気なので、七星は一度も訊いてみたことはなかったが、社長の人生にも、いろいろあったのかもしれないと、ふと思った。

「本当のところを言わせてもらうとね」牧野はますますいらだった声になった。「今だって頭に思い浮かぶのは恨みつらみばかりよ。誰が大人になるまで育てたのって。そんな幸せなんて、ただ偶然うまくいっただけの、砂の城だってね」

社長は、じっと何かを考えこんだ後、ひとつ頷いた。

「まあ、偶然でも、結婚は組み合わせですから、娘さんにきちんとした人生の根っこみたいなものがあったからこそ、旦那さんも、しっかり頑張れたんじゃないですかね」

牧野はため息をつく。

「いずれにせよ、ここまでこじれたらもう、どうにもならないと思うんです。顔を合わせたら、また罵り合いになるかもしれない。今さら母親面《づら》して何の用？って」

七星は、言おうか言うまいか少し迷ったが、言うことにした。

「それでも娘さんに、言い残していることを伝えてみてはいかがでしょうか。罵り合いになったとしても、まだ川のこちら側なんですから。川を渡ると、もう罵り合いだってできません。わたしも、こんな風に母と別れると事前に知っていたなら、いろいろもめたりもしたけれど、産んでくれて感謝していることも少しは伝えたかった。もうわたしの言葉は、どんなに叫んでも母に伝えることはできないんです。でも、まだ、間に合います。牧野さんは」

牧野は一瞬体を強張らせたが、力なく首を横に振った。

「わたしこの十年間、娘が失敗して戻ってきたらいいって、ずっと願っていたくらいだから。ここに来て、母親として何をしたらいいのかなんて……」

「その分、娘さんのことが心配だったんですよ。愛していなければ、思い出しもしません」社長が静かに言う。

沈黙が続く。柱時計がチクタクと鳴っている。七星は、この一秒一秒の時の流れを思う。いつもは意識しないけれど、この人生の残り時間の一秒一秒を、わたしたちは確実に失いながら生きている。川を渡る日がいつになるのかは、誰にもわからない。

三人とも、冷めた湯飲みを前に、押し黙っている。

「お互いにさんざん憎み合った後には、もう何ひとつ良い感情なんて残ってるはずないじゃない。だから十年会わずにいられたんだと思う。何にもないのよ、もう、わたしたち母娘の間にはね」

何にもない――

七星は何か言わずにいられなくなった。今、ひとの人生の分岐点にいるのだと、はっきりわかった。

何にもないはずはない。何かがあるはず。だってここに来たのだから。

七星は何か言おうと必死に頭を働かせるが、何も思いつかなかった。こんなときに何と言えばいいのだろう。焦れば焦るほど、名言も、うまい言い回しもまったく浮かんでこない。

社長が話を切り上げようと、さて、という顔をして何か言いかけたのを、思わず遮っていた。「待ってください」

ふたりに注視されているのがわかるが、頭の中は真っ白だった。どっと汗をかいていた。

「待ってください……何にもないですか。本当に何にもないんですか。ほら、何か家に残ってたりしませんか」

「ありません」

しつこいわね、というような目で牧野が見ている。

自分でも、どうしてこんなにむきになっているのかわからない。牧野はこのまま、亡くなった後で自分の贈り物が届けられることによって、娘さんに後悔して欲しいのかもしれない。あなたが謝らないうちに、もうわたしはこの世からおさらばしたの。ひどい娘ね。あなたが悪いのよと。死後、牧野が本当に届けたい贈り物は、貴金属などではなく罪悪感なのだろう。

親子関係なんて親子の数だけある。正しさは親子によって違う。単なる配送業者の自分が立ち入っていい話だとも思えない。

それでも――七星には、このまま何も言わず、牧野に世を去って欲しくはなかったし、娘さんにも後悔して欲しくなかった。人生最後の贈り物を、恨みと呪いに満ちた物にしたくなかった。

「お住まいの家は、昔から住んでいらっしゃるのですよね」

「ええまあ……結婚以来ずっと住んでいますけど」

「娘さんとも過ごされたお家なんですよね。思い出に残っている物がありませんか。

何でもいいんです」

「そうは言っても……」牧野は視線を宙に漂わせる。

「うちは何年か前に改装したから、そのときに使ってない物は思い切ってほとんど処分しちゃった。あの子の持ち物もね。だから、昔の物なんて、綺麗さっぱり、もう何もない」

七星は必死だった。

「高価な物でなくていいんです。忘れてたようなものでいいんです、何か……」言いながら、思わず手が動いていた。指で四角を形作る。

「何？　アルバム？　アルバムは捨てる前に、夫がどこかに隠したみたいだけど、どこにあるかはわたしは知りません。本当に何ひとつ残ってないの」牧野は言い直した。

「いいえ。残してない、いいえ、残してないの」

「でも、捨てられなかったような物が何か――」

「七星」

隣から社長にたしなめられて、ようやく七星は四角のジェスチャーのままだった指を解き、前のめりだった姿勢も直した。

牧野は、じっと宙に視線をやったままだ。

応接室は、今や気まずい沈黙に包まれている。

やはり、ここまで個人的な事柄に立ち入るべきではなかった。七星が失礼を詫びようと思ったときに。

「あ」

牧野が言った。

そのまま、瞬きを繰り返す。「――レシピ帳」

「お惣菜か、何かのですか？」

「あの子、勉強の息抜きによくお菓子を作りたがって、一緒によく作っていました。レシピ帳って、絵本みたいに綺麗に、色鉛筆で色を塗って作ってね。ふたりで食べて、美味しいねって――」牧野は突然、動きを止めた。

時間が止まったようになる中で。

ぽたん、と顎から雫が伝う。

「なんでこんなことに。なんでこんなことになったの。ただ美味しいねって笑ってふたりで食べていた頃もあったのに。今、なんでこんなことに。どうして……」

牧野はハンカチを取り出して握りしめる。

結局、牧野の依頼はキャンセルとなった。帰ってレシピ帳を探してみる、やはり娘に一度会ってみるとのことだった。レシピ帳を持って。

「もし、会ってみてうまくいかなかったなら、わたくしどもがご依頼をいつでもお受けします。ご安心ください」と社長が言うと、牧野は、何度も礼を言って帰っていった。

七星は窓からビルの間の空を眺める。風が強いのか、雲が動いていく。

静けさが戻った事務所で、七星は、とんとんと机に書類をうちつけて、角を揃えた。

「それで、何だったんだ、七星のあの手つきは」と、社長がさっきのジェスチャーを真似するように、手で四角を形作って訊いてくる。「ああ、あれはですね……」言いながら、七星はお茶を片付ける。

「いや、うちにね、〝顔はめ〟の写真があったのを思い出して」

「カオハメ？ なんだカオハメって」社長が怪訝そうな顔でこちらを見てくる。

「よく観光地に、ご当地キャラとか名物の絵をパネルにしたものがあるのわかります？ 絵の一部分がくりぬかれてて、中に自分の顔をはめられるやつ。わたし、ほら、旅好きで全国ふらふら行ってたんですけど、娘がしょっちゅう旅に出て住所不定になったら、親も親でやっぱり心配するじゃないですか。でも電話する度に、早く帰って来いって叱られるのも嫌なので、とりあえず、今、元気だぞっていう意味で、観光地に着いたら、顔はめに顔入れて、通行人に写真撮ってもらって、それをコンビニで出力して、そのまま切手を貼って出してました、実家に」

「七星、そんなことしてたのか……」社長は呆れたような顔で言う。

「母の葬式が終わって片付けしてたら、母の貴重品箱っていうのが出てきて。開けると、一冊のノートがあって。わたしのその顔はめの写真が全部ノートに貼って取ってあったんですよ。母、真面目で几帳面だったから、ノートに日付と、場所と、簡単な行程図を書いてて。いつも旅には大反対で、顔合わせると大喧嘩だったくせに、そんな風にふざけた顔はめの写真をずっと取ってあったの、わたしぜんぜん知らなくて。鹿の顔はめとか、西郷どんの顔はめとか、馬の尻から今産まれそう、みたいな顔はめとか、そういうの全部」

「馬の尻から今産まれそうな顔はめ、って何だよ」と、社長が噴きだした。

「本当にあるんですよ、そういう顔はめが……」

牧野の話を聞きながら、七星が脳内に思い浮かべていたのは、頭の中のそのノートのことだった。誰かの手で「ほら」と差し出されたみたいに、ふっと思い出したのだ。

ずっと不仲だった。顔を合わせたら喧嘩ばかり、罵り合いばかりの母だった。いい思い出もあまりない。それでも、今回のことは、母に助けられたような気がしていた。

死は、誰も知らない遠い川の向こう側――なのかもしれないが、川のこちら側に残された者の中に、形を変えて生き続けるものだってきっとある。わたしたちの仕事は、そのためにあるはずだと、七星は思う。

「それにしても、俺、顔はめ、やったことないな……」

「人生の三分の二を損してますよ」

「そんなにか？」

社長は笑って、手元のファイルを開く。たしか、次の依頼で渡しに行くのは、大きな花束だった。かつての結婚記念日の薔薇。

「わたし運転しますよ、打ち合わせ早く終わっちゃったので。手に持ってた方が、薔薇の小さなつぼみも安心ですし」

社長は「じゃあ行くか」と言って帽子をかぶり、七星も帽子をきっちりとかぶった。

帽子にも揃いの白い羽根のマーク。

誰も知らない遠い川の向こうと、こちら側をつなぐ、最後の贈り物。

誰かの最後の思いを届けるために、今日も進もう。

本書は二〇二二年二月に小社より刊行されました。
文庫化にあたり加筆修正を行っています。

双葉文庫

ひ-20-01

天国《てんごく》からの宅配便《たくはいびん》

2024年3月16日　第1刷発行

【著者】
柊《ひいらぎ》 サナカ

【発行者】
箕浦克史
【発行所】
株式会社双葉社
〒162-8540 東京都新宿区東五軒町3番28号
［電話］03-5261-4818(営業部)　03-5261-4831(編集部)
www.futabasha.co.jp（双葉社の書籍・コミックが買えます）
【印刷所】
大日本印刷株式会社
【製本所】
大日本印刷株式会社
【カバー印刷】
株式会社久栄社
【DTP】
株式会社ビーワークス

【フォーマット・デザイン】
日下潤一

ISBN978-4-575-52737-7 C0193
Printed in Japan